Sonne am Horizont

Jürgen Fuchs

Sonne am Horizont

Eine schwule Liebesgeschichte

In Liebe und Dankbarkeit gewidmet:

Eva Maria Fuchs
Hermann Fuchs
Anna Pepinghege
Katrin Burdorf
Benedikt Neikes

. . .

Achim von Buck schüttelte sich. »Sauwetter«, fluchte er leise vor sich hin. Aber diese Bezeichnung war eigentlich noch viel zu freundlich für das, was sich draußen tat. Gestern war das Barometer im Sturzflug irgendwo ganz unten gelandet, und jetzt stürmte und regnete es, was das Zeug hielt. Seufzend stand er in der großen Eingangshalle, tropfte den Boden voll und fragte sich wieder einmal, was er sich da eigentlich angetan hatte.

Er war, wie man so schön sagte, der letzte Sproß einer alten märkischen Familie, die sich bis Kriegsende hauptsächlich mit Roggen, Kartoffeln und Rindviechern beschäftigt hatte. Nachdem Walter Ulbricht es ganz prima gefunden hatte, den Besitz entschädigungslos zu enteignen, waren seine Großeltern mit seinem Vater 1952 nach Westberlin gegangen, um sich Arbeit und Wohnung zu suchen. Die Großeltern lebten schon lange nicht mehr, und seine Eltern hatten wenig Lust, mit beinahe sechzig Jahren noch einmal neu in die Landwirtschaft einzusteigen. Im Prinzip galt ja der Grundsatz »Entschädigung vor Rückgabe«, und er hätte sich auf ein nettes Sümmchen freuen können. Aber die Dinge lagen nun einmal so, daß hier keine Ansammlung von klitzekleinen Bauernhöfen zusammengefaßt worden war, sondern daß der Besitz in seinen Strukturen fast ganz erhalten geblieben war. In den Wirren nach der Wende war der Betrieb ziemlich heruntergekommen, und bei einem Verkauf wäre bei weitem nicht das herauszuholen gewesen, was der ganze Besitz eigentlich

7

wert war. Sicher, er hätte trotzdem verkaufen können, aber er wollte sowieso raus aus Berlin. Kühe und Kartoffeln waren schließlich mal was anderes. Und, so hatte er sich gesagt, wenn ihm das Leben als Gutsherr nicht gefiel, könnte er schließlich immer noch verkaufen und sich auf den Kanaren oder in Florida niederlassen.

Tja, aber nun hatte er also erstmal das ganze Land an der Backe, inklusive Herrenhaus.

Frau Blume, die Haushälterin, kam in die Halle und fing an zu schimpfen:

»Ja sagen Sie mal, Herr Buck, Ihnen geht's wohl zu gut?! Marsch, raus aus den nassen Klamotten, Sie holen sich ja sonst noch den Tod!«

Achim grinste. »Ach Blümchen, was würde ich ohne Sie bloß machen?«

»Wahrscheinlich hier in der Halle erfrieren, und dann vor dem vollen Kühlschrank verhungern. Also, her mit dem Zeug. Im Wohnzimmer ist der Kamin geheizt. Trockene Sachen habe ich Ihnen auch rausgelegt.«

Achim machte einen Schritt auf Frau Blume zu und drückte ihr einen Kuß auf die Stirn: »Danke, Blümchen! Der Dank des Vaterlandes ist Ihnen gewiß!«

»Alberner Bengel«, brummelte sie, aber dann mußte sie doch lachen und meinte: »Warum kann ich Ihnen eigentlich nicht böse sein?«

»Naturbegabung«, grinste Achim.

»Marsch, ab ins Wohnzimmer!«

Als Achim im Wohnzimmer rasch in die trockenen Sachen geschlüpft war, rieb er sich die Hände am offenen Kamin, um wieder richtig warm zu werden. Der Herbst war eine unfreundliche Jahreszeit. Aber es war von Vorteil, daß er bis zur nächsten Aussaat im Frühjahr noch genügend Zeit hatte, alles zu regeln und den Laden wieder in Schwung zu bringen. Nach Auflösung der LPG Brachwitz war ein Großteil des Viehbestandes geschlachtet worden, und die letzte Ernte lag schon über ein Jahr zurück. Von den Leuten aus der LPG hatten einige in andere Berufe gewechselt, ein paar waren in Rente gegangen. Die meisten aber wollten, jetzt wo es einen neuen Besitzer gab, weitermachen. Achim runzelte die Stirn. Es waren allesamt tüchtige Leute, die darauf brannten, aus dem Volkseigenen Murks eine Art Märkisches Mustergut zu machen. So weit, so gut. Aber er würde unbedingt einen Verwalter brauchen: Für ihn kam Milch aus der Tüte, und Fleisch lag nett verpackt im Supermarkt. Von Landwirtschaft hatte er nicht die blasseste Ahnung. Immerhin würde er die Bücher führen können, denn bevor er den Gutshof übernommen hatte, war er in einer Steuerberatungsfirma angestellt gewesen. Er würde gleich mal Frau Blume fragen, ob sich auf die Stellenanzeige, die er in allen großen Berliner Tageszeitungen aufgegeben hatte, schon jemand gemeldet hatte.

Achim drehte sich vom Kamin weg und betrachtete den großen Raum. Er wirkte düster und leer. Von den alten Möbeln, die er von Fotos kannte, war natürlich nichts übrig geblieben. Was die Russen nicht mitgenommen hatten, fand den Weg zu den SED-Bonzen von Wandlitz. Vielleicht waren die wertvollen Antiquitäten auch zwecks Aufbesserung des Devisenbestandes der DDR von irgendeinem Schalck oder Golodkowski verscherbelt worden und zierten jetzt die Villen irgendwelcher Düsseldorfer, die mit ihren »Familienerbstükken« zu kaschieren versuchten, daß ihr »altes Geld« nach dem Krieg im Zigarettenschmuggel und nach der Währungsreform von 1948 in einem Bauchladen steckte.

Draußen ging die Dämmerung in ein undurchdringliches Dunkel über. Außer dem Wind und dem Regen, der gegen die Fensterscheiben klatschte, war kein Geräusch zu hören. An diesem Abend war es beinahe noch unheimlicher als an anderen Tagen, wenn draußen wirklich gar nichts zu hören war. Immer hatte er über den Krach in Berlin geschimpft, aber jetzt – irgendwie fehlte er ihm.

Achim ging hinüber zum Tisch, auf dem ein Tablett mit einigen umgedrehten Gläsern und einer Flasche Bourbon stand. Um die bösen Geister von Brachwitz zu vertreiben, goß er sich zwei Fingerbreit ein, nahm einen Schluck und trat an eins der hohen Fenster. Als er dastand und fühlte, wie sich der Whisky den Weg durch seine Adern bahnte, überkam ihn ein seltsames Gefühl: Das hier würde sein Zuhause werden! Die urplötzliche Sicherheit dieser Empfindung erstaunte ihn. Was war mit dem Halligalli in all den Bars und Diskotheken, was mit den Affären, Neurosen, was mit all dem, was er bisher gutgeheißen und für sein Leben gehalten hatte? Alles weit weg. Ganz weit weg. Sein bisheriges Leben war dabei, sich in

Wohlgefallen aufzulösen, und er wußte mit einem Mal nicht mehr, was er daran gefunden hatte.

Als es klopfte, drehte er sich herum. Frau Blume stand im Türrahmen und wollte wissen, ob sie nach Hause gehen könne. Es dauerte einen Augenblick, bis Achim aus dem Strudel seiner Gedanken auftauchte, aber dann lächelte er seiner Haushälterin zu und meinte: »Gehen Sie mal ruhig nach Hause. Im Moment ist doch soviel damit zu tun, das Haus wieder auf Vordermann zu bringen. Sie müssen ja todmüde sein.« Frau Blume nickte und sagte: »Das ist wohl wahr, Herr Buck, aber ich tu es gern. Wissen Sie, meine Mutter hat schon hier auf dem Gut gearbeitet, noch bei Ihren Großeltern, und es ist schön, daß jetzt alles wieder aufgebaut werden soll. Gute Nacht, Herr Buck, schlafen Sie gut!«

»Ja, danke, Frau Blume. Sie auch.«

»Ach, Herr Buck, da fällt mir ein: Heute mittag ist ein Brief auf Ihre Stellenanzeige gekommen. Liegt in der Küche.«

Da hatte es aber einer eilig gehabt, dachte Achim. Die Anzeige war doch erst vor zwei Tagen erschienen. Neugierig ging er in die Küche, um zu sehen, wer das wohl sein mochte, der nichts besseres zu tun hatte, als sich auf eine Stelle zu bewerben, bei der es außer viel Arbeit so ziemlich gar nichts zu erwarten gab.

Er schaltete das Licht an und spähte in der Küche umher. Auch die Küche hatte Gutsherrenausmaße und war nicht viel kleiner als das recht großzügige Apartment, das er bis vor ein paar Wochen bewohnt hatte.

Aha, da auf dem Tisch lag ein großes Kuvert. Als Achim es aufriß, flatterte etwas zu Boden. Er bückte sich, hob es auf und hielt das Foto eines Mannes in der Hand. Wie gebannt starrte er darauf. Der Mann auf dem Foto mochte wie er Ende zwanzig sein. Schwarze Locken, ein verwegener Mund, strahlende Augen. Irre! Verwirrt schaute Achim auf den Umschlag. Aber der war tatsächlich an ihn adressiert. »Achim von Buck« stand dort, ohne Zweifel. Rasch sah er die Unterlagen durch und las das Bewerbungsschreiben:

»Sehr geehrter Herr von Buck, mein Name ist Robert Jadow. Ich bewerbe mich auf die Stelle des Inspektors und Gutsverwalters auf Ihrem Besitz in Brachwitz. Leider kann ich Ihnen keine Referenzen vorlegen, da ich mein Studium der Argrarökonomie erst vor wenigen Monaten abgeschlossen habe. Aus den beigefügten Nachweisen diverser Praktika und meinem Abschlußzeugnis mögen Sie aber ersehen, daß ich gute Noten und doch immerhin ein wenig praktische Erfahrung mitbringe. Da sich nach meinem Studium leider nichts anderes gefunden hat, arbeite ich zur Zeit im Futtermittelgroßhandel. Die von Ihnen gebotene Stellung würde mir allerdings weitaus mehr Freude machen, so daß ich Sie um die Gelegenheit eines persönlichen Kennenlernens bei einem Vorstellungsgespräch bitten möchte. Unter der oben angegebenen Telefonnummer bin ich tagsüber jederzeit zu erreichen. Mit freundlichen Grüßen: Robert Jadow.«

Achim starrte abwechselnd auf das Foto und den Brief. Selbst wenn dieser Mann kein guter Landwirt war, mußte er ihn doch unbedingt kennenlernen. Vorher würde er sich einfach weigern zu glauben, daß es solch einen Mann wirklich gab. Denn erstens gab es solche Männer gar nicht, und wenn doch, dann waren sie entweder verheiratet oder Centerfold im Playgirl. Er schüttelte den Kopf. Nein, das konnte einfach nicht sein!

Er ging wieder zurück ins Wohnzimmer und überflog den Lebenslauf dieses Robert Jadow. Geboren in der Lüneburger Heide, Zivildienst, Studium in Hamburg, seit vier Monaten in Berlin ansässig. 28 Jahre alt und ledig.
Achim starrte sekundenlang wie hypnotisiert auf dieses eine Wort: »ledig«. Dann aber schüttelte er den Kopf und mußte über sich selber lachen. Er trank noch einen Bourbon und ging zu Bett.

• • •

Am nächsten Morgen klingelte um sieben Uhr der Wecker. Das Unwetter hatte sich verzogen, und draußen dampften die Wiesen. Ein leichter Nebelschleier lag tief über dem Boden und irgendwo hinterm Horizont schickte die Sonne sich an aufzugehen, um mit schon schwächer werdenden Strahlen die Erde zu erwärmen. Die Luft hatte trotz der über die Wiesen ziehenden Nebelschleier schon diese merkwürdige kristallene Klarheit, die bedeutete, daß unwiderruflich der Herbst sein Regiment angetreten hatte. Achim sprang aus dem Bett und schlug die Fensterläden zurück.

In Berlin war er so früh nur aus dem Bett gekommen, wenn er unbedingt mußte. Hier war es eine Lust aufzustehen. So weit man sehen konnte nur flaches Land, nur Ruhe und Frieden.

Rasch sprang er unter die Dusche, beschloß, daß das Rasieren heute mal ausfiel, nahm eine Jeans und einen Wollpullover aus dem Schrank. Dann stieg er in die Schaftstiefel, die in der Ecke standen und lief die Treppe herunter, um bei Frau Blume in der Küche vorbeizuschauen. Um diese Zeit war sie meistens schon da und hatte einen Topf mit duftendem frischem Kaffee auf dem Herd, einem wahren Monstrum aus Eisen und Email, das mit Sicherheit schon seine sechzig Jahre auf dem Buckel hatte. Aber der Kaffee war klasse, allein der Duft war so verführerisch, daß Achim sich fragte, wie er bisher das, was sich so alles Kaffee nannte, überhaupt herunterbekommen hatte. Außerdem machte er wach: Zwei Tassen von dem Zeug, und man hatte das Gefühl, bis Weihnachten mit offenen Augen zu schlafen.

Als er in die Küche kam, werkelte Frau Blume schon eifrig darin herum. Als sie ihn sah, wünschte sie ihm einen guten Morgen und fragte mit einem listigen Grinsen: »Kaffee?« Achim mußte lachen: »Frau Blume, Sie wissen ganz genau, daß ich für eine Tasse von Ihrem Kaffee meine eigene Großmutter verkaufen würde.«
»Auf den Handel lasse ich mich nicht ein. Aber eine Tasse Kaffee bekommen Sie trotzdem.« Nachdem sie eine Weile miteinander geplaudert und den Tag besprochen hatten, ging Achim hin-

aus in den Hof. Vor dem Frühstück wollte er noch eine halbe Stunde reiten. Er sattelte einen sechsjährigen Fuchs, der noch von den Leuten der LPG auf den Namen »Schabowski« getauft worden war. Eigentlich konnte man sich mit diesem Gaul nirgendwo sehen lassen, weil jeder, der den Namen hörte, sofort in schallendes Gelächter ausbrach. Aber Achim mochte dieses Pferd, denn es war ein verständiges Tier: geduldig, aber nicht ohne Feuer, ausdauernd und leicht zu führen. Wenn er mit Schabowski eine Weile durch die Wiesen trabte, fühlte er sich so frei und leicht wie lange nicht mehr.

Nach dem Ausritt führte er das Pferd wieder in seine Box, rieb es ab und gab ihm zur Belohnung einen Apfel und ein Stück Zucker. Dann ging er wieder in die Küche, um gemeinsam mit Frau Blume zu frühstücken. Nach einer ausgiebigen Schlacht mit frischem Brot, selbstgemachter Johannisbeerkonfitüre, Rührei und – nicht zu vergessen – Blümchens unvergleichlichem Kaffee, lehnte er sich in seinem Stuhl zurück, sah seine Haushälterin an und stöhnte: »Wenn ich mich noch drei Monate von Ihnen verpflegen lasse, Frau Blume, dann gehe ich nicht mehr durch die Tür.«
»Ach Sie sind ja verrückt.« Frau Blume schüttelte heftig den Kopf. »Warten Sie mal, bis die Arbeit hier richtig angefangen hat. Dann werden Sie noch froh sein, wenn Sie nicht abnehmen. Ein junger Mensch wie Sie muß kräftig essen.« Achim sah sie zweifelnd an. »Tja, wenn Sie meinen. Na,

mal sehen. Auf jeden Fall schmeckt es mir hier wunderbar.«

Nach dem Frühstück ging Achim in sein Arbeitszimmer. Der Computer, der groß und breit auf dem schweren Eichenschreibtisch thronte, war in dieser Umgebung schon fast eine Beleidigung fürs Auge, aber leider mußte das Ding nunmal sein. In den vergangenen Wochen hatte er alle Hände voll damit zu tun gehabt, die Finanzen zu ordnen, Arbeitsverträge vorzubereiten, Material zu bestellen, alte Vertriebswege wieder aufzubauen, die Grundbuchangelegenheiten abschließend zu klären, und was es sonst noch mehr zu tun gab auf solch einem großen Gut. Nun war beinahe alles geregelt. Im kommenden Winter würde er genügend Zeit haben, die notwendigen Ausbesserungsarbeiten vorzunehmen, neue Maschinen anzuschaffen, den Viehbestand wieder aufzufüllen und die Saat vorzubereiten. Alles, was ihm jetzt noch fehlte, war ein tüchtiger Verwalter. Ob er diesen Robert Jadow einmal anrufen sollte? Ein klein wenig schämte er sich, daß er ihn gestern abend noch unbedingt hatte anrufen wollen, in jedem Fall hatte anrufen wollen. Naja, selbst wenn Mister Handsome in festen Händen sein sollte, vielleicht war er wenigstens ein tüchtiger Landwirt, und das war für die Zukunft allemal wichtiger.

Achim nahm die Bewerbungspapiere zur Hand, zündete sich noch eine Zigarette an und griff zum Telefon. Er wählte die Nummer und wartete, bis alle Zahlen geräuschvoll durch die alte Vermittlung geklackert waren.

»Futtergroßhandel Prießnitz, Kolbe, guten Tag.«
Achim räusperte sich: »Guten Morgen. Ich möchte gerne Herrn Jadow sprechen. Bin ich da bei Ihnen richtig?«

»Einen Moment bitte, ich verbinde.« Donnerwetter, Mister Handsome wurde nicht ans Telefon gerufen, mit Herrn Jadow wurde man verbunden. Ein Klicken in der Leitung, leises Rauschen, und dann:

»Jadow, guten Morgen. Was kann ich für Sie tun?« Achim schnappte nach Luft. Die Stimme war unglaublich; eine Mischung aus Seide und Samt, grundiert mit einem Schuß Reibeisen.

»Ja, guten Morgen, Buck ist mein Name.«

»Herr von Buck! Freut mich, daß Sie anrufen. Ich hoffe, daß Sie mir nicht gleich wieder absagen wollen.«

»Keineswegs. Im Gegenteil. Hören Sie, die Sache ist die: Ich habe von Landwirtschaft nicht die leiseste Ahnung, wenn ich also jemanden einstelle, dann heißt es Vertrauen gegen Vertrauen. Allerdings hat mir Ihr Bewerbungsschreiben gefallen. Was halten Sie davon, wenn Sie mal vorbeikommen?« Jadow schien sich zu freuen: »Oh, das geht aber schnell. Ich komme natürlich gerne!«

»Wäre es unverschämt, wenn ich Sie bitten würde, heute noch zu kommen?« Einen Moment lang Stille. Robert Jadow schien zu überlegen. Dann kam ohne zu zögern die Antwort: »Wenn ich gleich nach der Arbeit hier losfahre, dann könnte ich gegen, sagen wir sieben Uhr bei Ihnen sein. Wäre das recht?« Achim versuchte, das Herzklopfen zu ignorieren und antwortete leichthin: »Bestens. Essen Sie mit uns, und dann besprechen wir bei einem Glas Wein alles weitere. Bis dann, Herr Jadow.«

»Auf Wiederhören, Herr von Buck. Bis heute abend!«

Als Achim den Hörer wieder aufgelegt hatte, schaute er eine Weile nachdenklich aus dem Fenster. Es war mit Sicherheit unvernünftig, der Angelegenheit eine solche Bedeutung beizumessen, aber er hatte das bestimmte Gefühl, daß er sich diesen Robert Jadow heute abend einmal ganz genau ansehen sollte. Er wußte nicht, was ihn so sicher machte, aber er glaubte jetzt schon, daß sie beide ein ganz gutes Team werden würden. Und das vielleicht sogar in mehr als einer Hinsicht. Bei diesem Gedanken mußte er zugleich grinsen und seufzen. Da war wohl mehr der Wunsch der Vater des Gedankens.

Den Rest des Tages versuchte er sich einzureden, daß die Stimme das einzig Besondere an diesem Mann wäre, daß das Foto unmöglich zu Robert Jadow gehören könnte, und daß der höchstens einen Meter fünfzig groß sei, häßlich wie die Nacht und verwachsen wie Rumpelstilzchen. Aber irgendwie hatte er damit nicht gerade einen berauschenden Erfolg. Wenn er sich die Stimme des Mannes, der da am anderen Ende gewesen war, ins Gedächtnis rief, richteten sich seine Nackenhärchen auf. Dann hatte er das Gefühl, den Atem und die Berührungen des einen Mannes auf seiner Haut zu spüren, von dem er träumte, seit sich seine Pfadfinderphantasien nicht mehr alleine auf Lagerfeuer beschränkten.

• • •

Der Rest des Tages verging wie im Fluge. Achim hockte hinter seinem Schreibtisch, um tausend übriggebliebene Kleinigkeiten zu erledigen, die er seit Wochen vor sich herschob. Da waren Kontoauszüge zu kontrollieren, Abrechnungen zu prüfen, Grundbuchblätter für die Banken anzufordern und etliches mehr. Gegen sechs schaltete er den Computer aus, reckte sich in seinem Schreibtischsessel und fand, daß es eigentlich eine ziemlich gute Idee sei, zu Frau Blume in die Küche zu gehen.

Er stand auf und beschloß, daß er für heute genug gearbeitet hätte. Als er auf dem Weg in die Küche die große Diele durchquerte, die eigentlich schon ein halbes Wohnzimmer war, schlug die große Standuhr sechs Mal und machte dabei wie immer einen Heidenkrach. Kein Wunder, daß gerade dieses monströse Möbelstück alle Plünderungen überstanden hatte: Der Ton, den diese Uhr alle halbe Stunde von sich gab, war undefinierbar. Wahrscheinlich Z-Moll. Und nicht sehr viel leiser als ein Düsentriebwerk.

In der Küche dagegen roch es phantastisch. Frau Blume krabbelte gerade im Backofen herum, so daß sie Achim nicht sehen konnte, der im Türrahmen lehnte und leise Hemmungen hatte, das Allerheiligste seiner gestrengen Haushälterin zu betreten. Frau Blume schien gerade ihren Braten zu begießen. Es zischte leise, und ein aromatisches Wölkchen Bratenduft kringelte sich aus der Backofentür. Als sie sich wieder aufrichtete und herumdrehte, stieß sie einen Schrei aus.

»Herr im Himmel, wo kommen sie denn auf einmal her?«

»Aus dem Arbeitszimmer. Darf ich mich vorstellen: Buck ist mein Name. Ich wohne hier.«

»Wenn Sie noch breiter grinsen, dann berühren Ihre Mundwinkel gleich die Ohrläppchen.«

»Blümchen, ich gelobe, brav zu sein. Was soll unser Gast sonst von uns denken. Was gibt es eigentlich Gutes?« Frau Blume stellte sich in Positur und zählte auf: »Rinderschmorbraten aus eigener Schlachtung, versteht sich, Brokkoli mit Béchamel und Mandelsplittern. Dazu Salzkartoffeln und ein frisches Glas Bier oder einen Chianti. Und zum Nachtisch gibt's Schokoladenpudding mit ganz viel Schokolade drin, frischer Sahne obendrauf und dazu Mokka und Cognac.«

Achim sah sie mit einer komischen Mischung aus Verzweiflung und Belustigung an: »Wenn Sie glauben, ich vermache Ihnen den Hof, dann irren Sie sich. Sie scheinen zwar beschlossen zu haben, mich mit Ihren geballten Köstlichkeiten umzubringen, aber da muß ich Sie leider enttäuschen: Ich bin eine ausgesprochen zähe Natur.« Frau Blume drohte mit dem Kochlöffel: »Sie haben zwei Möglichkeiten: Entweder sind Sie jetzt brav, oder ich schmeiße Sie raus. Wenn Sie allerdings brav sind, gibt es schon mal einen Teller Suppe. Ihren Magen kann ich bis hierhin hören.«

»Ich gelobe, brav zu sein. Bitte einen großen Teller.«

• • •

Achim hatte sich gerade ein wenig frisch gemacht, als unten in der Diele die Türglocke läutete. Er schaute rasch auf die Uhr und stellte erstaunt fest, daß es tatsächlich schon fünf vor sieben war. Er schaute noch einmal kurz in den Spiegel und warf sich ein paar Tropfen eines herben Rasierwassers ins Gesicht, das sich in der Vergangenheit bewährt hatte: Er wirkte damit ziemlich hetero, aber nicht so sehr, daß es bedrohlich wurde.
Langsam ging er die Treppen herunter. Nur keine Hektik. Wer allzu bemüht erschien, befand sich von vornherein in der schlechteren Verhandlungsposition. Als er die letzten Stufen erreicht hatte, deren Biegung in die Diele führte, hörte er, wie Frau Blume gerade die Tür zum Hof öffnete. Und direkt darauf wieder diese atemberaubende Stimme:

»Guten Abend. Mein Name ist Jadow. Ich möchte zu Herrn von Buck.« Achim blieb auf der Treppe stehen, holte noch einmal tief Luft, atmete ganz langsam wieder aus und setzte sich in Bewegung. Mit einigen langen Schritten ging er auf Robert Jadow zu, gab ihm die Hand und sagte: »Guten abend, Herr Jadow, ich freue mich, daß Sie so schnell kommen konnten.«
Jadow sah ihn an: »Ich hoffe, daß ich nicht zu früh bin, Herr von Buck.«

Achim lächelte: »Keineswegs. Der Braten verschmort sonst noch. Und, bitte, nennen Sie mich einfach Buck. Freiherrentitel sind, wenn Sie mich fragen, ziemlich aus der Mode.«

Unter der Maske der Unbekümmertheit und Selbstsicherheit, die Achim während seiner Zeit in der Steuerkanzlei gelernt hatte, beschlich ihn das Gefühl, er sei wieder drei Jahre alt und stehe vor seinem ersten Weihnachtsbaum. Sah dieser Mensch wirklich so verdammt gut aus, oder war nur einfach die Beleuchtung hier in der Diele so günstig? Robert Jadow war keineswegs einen Meter fünfzig groß. Häßlich konnte man ihn auch nicht gerade nennen, und mit Rumpelstilzchen war er definitiv nicht verwandt. Achim versuchte nicht allzu auffällig diese muskelbepackten Einsneunzig zu mustern. Die glänzenden Augen und dieses wundervolle Lächeln waren ihm auch völlig schnuppe. Und außerdem gab es solche Männer nur auf den Titelseiten internationaler Magazine.
Irgendwie hatte Achim das Gefühl, er müsse noch einmal zurückgehen, noch einmal die Treppe hinauf, um dann wieder herunterzukommen und Rumpelstilzchen in Empfang zu nehmen.
Er schaute zu Frau Blume herüber. Die sah aus wie immer. Dann schaute er wieder Jadow an: immer noch kein Rumpelstilzchen. Merkwürdig. Naja, wenn das alles hier ein Film war, dann hatte er hoffentlich Überlänge.

»Ist Ihnen was, Herr Buck?« Frau Blume sah ihn mit mütterlicher Besorgnis an.

»Nein, wieso? Alles bestens. Ich denke, ich werde mit Herrn Jadow vor dem Essen einen Aperitif nehmen. Wollen Sie sich uns anschließen, oder ruft der Braten?«

»Gehen Sie man. In zehn Minuten können wir essen.« Achim war einerseits froh, daß Frau Blume noch in der Küche zu tun hatte, aber er war auch ein wenig befangen. Schließlich würde er Robert Jadow kaum das sagen können, was er ihm eigentlich sagen wollte.

Er versuchte sich zusammenzunehmen, sah Jadow an und sagte mit einem verbindlichen Lächeln: »Der Giftschrank ist im Wohnzimmer. Bitte kommen Sie doch mit.«

Als sie das Wohnzimmer betraten, sah Jadow sich in dem großen Raum um und pfiff anerkennend: »Leider war es ja schon halb dunkel draußen, als ich angekommen bin, aber ich muß sagen, daß sich der äußere Eindruck nach innen nahtlos fortsetzt. Entschuldigen Sie bitte, daß ich frage, aber wie steht es eigentlich um die Eigentumsverhältnisse?«

Achim holte tief Luft und begann: »Also, das Gut ist im 18. Jahrhundert aus einem ziemlich kleinen Bauernhof entstanden. Fritzens lange Kerls brauchten zentnerweise Kartoffeln. Damit ist mein Ur-Ur-Ur-Ur-Ur-Großvater groß geworden. Ja, dann kamen im Laufe der Zeit noch Rinder und Roggen en gros dazu. Nach dem Ersten Weltkrieg muß das alles hier allerdings ziemlich verlottert gewesen sein. Es gab ja keine Arbeitskräfte mehr. Und nach dem Winter von 1916 gab es kaum noch Saatgut, und nahezu der ganze Viehbestand war geschlachtet worden. Zwischen den Kriegen, als mein Großvater das Gut übernommen hatte, standen wir eigentlich wieder ganz gut da. Tja, und dann kam der Zusammenbruch. Gleich nach dem Krieg haben dann die Russen Druck gemacht. Obwohl mein Großvater nie in der NSDAP war und außerdem für die Ideen dieses Herrn Hitler herzlich wenig übrig hatte, war für Stalin ja jeder, der mehr als drei Kühe besaß, ein Junker und Nazi. Kurz gesagt: 1952 wurde alles entschädigungslos enteignet, und meine Großeltern gingen mit meinem Vater nach Westberlin, um sich nolens volens einen Job zu suchen.«

Jadow lächelte: »Sehr interessant, aber wie steht es jetzt um die Eigentumsverhältnisse?«
Achim schaute ihn leicht verwirrt an. »Ach so, ja. Sie müssen entschuldigen. Wenn mich jemand danach fragt, gerate ich immer ins Plaudern. Ich habe mich vor kurzem erst durch die ganzen Papiere gewühlt, und ich fand die Geschichte dieses Besitzes ausgesprochen spannend. Aber um Ihre Frage zu beantworten: Von den 50er Jahren bis zur Wende eine LPG. Danach Rückgabe an die Familie. Und da ich der letzte Buck aus unserm Zweig der Familie bin, gehört der Laden nun mir. Richtiger: Meine Eltern leben noch, haben mir aber, da sie wenig Lust auf Landwirtschaft verspüren, den Besitz schon jetzt überschrieben. Wenn ich mir allerdings anschaue, was an Hypotheken auf diesem Gemäuer lastet, und wie es um die Felder und das Vieh bestellt ist, möchte ich am liebsten gleich wieder abhauen. Im

Kern alles gesund, aber ich fürchte, da kommt noch eine Menge Arbeit auf mich zu.«

Jadow zog die Stirn in Falten und überlegte einen Augenblick. Dann sagte er bestimmt: »Machen Sie sich mal nicht zu viele Sorgen. Wenn die Gebäude und die Maschinen noch halbwegs in Ordnung sind, ist der Rest nicht so schlimm. Wichtig ist, daß die Banken in den ersten drei Jahren mitspielen. Danach läuft der Laden wieder – wahrscheinlich besser als vorher.«
Achim sah in an und sagte mit leiser Ironie: »Ihre Zuversicht möchte ich haben. Was macht Sie da so sicher?«
Jadow lächelte. »Ja, wissen Sie, ich habe in meinem Bewerbungsschreiben auch nur die halbe Wahrheit gesagt. Daß ich wenig praktische Erfahrung habe, stimmt und stimmt auch wieder nicht. Wir hatten einen ziemlich großen Hof in der Heide, den ich eigentlich einmal übernehmen sollte. Ich bin schon mit drei Jahren zwischen unseren Kühen rumgeturnt.«

Achim sah ihn ratlos an: »Wie kommt es dann, daß Sie sich auf diese Stelle hier beworben haben? Wieso Futtergroßhandel?«
Jadows Blick verdüsterte sich. Zögernd begann er zu sprechen. »Ach, das ist eine ziemlich unerfreuliche Geschichte. Aus dem Hof hätte sich etwas machen lassen, aber mein Vater war ein wenig leichtsinnig. In wenigen Jahren hatte er den Betrieb so heruntergewirtschaftet, daß wir verkaufen mußten. Zum Schluß saßen uns die Schulden so im Nacken, daß wir die letzte Ernte auf dem

Halm verkauft haben. Das ist noch gar nicht so lange her. Ich stand kurz vor dem Examen, und es war wohl schon zu spät, noch etwas anderes zu lernen.«

Achim erwiderte aufrichtig: »Oh, das tut mir leid.« Die plötzliche Härte in Jadows Augen paßte gar nicht zu diesem Mann, als er sagte: »Danke. Aber mein Vater hat es nicht anders verdient. Er war ein verantwortungsloser Mensch.«

»War?«

»Als die Schulden zu groß wurden, hatte er einen unerfreulichen Unfall mit seinem Jagdgewehr.«

Achim wußte nicht, was er sagen sollte. Was sollte man einem Menschen, den man kaum kannte, auf so etwas antworten? Am liebsten hätte er Robert Jadow in den Arm genommen und beruhigend auf ihn eingesprochen. Aber erstens kannte er diesen Mann erst seit fünf Minuten, und zweitens hätte er sich höchstwahrscheinlich eine Ohrfeige damit eingehandelt.

Verlegen blickte Achim zu Boden. Nach einer Minute ungemütlichen Schweigens räusperte er sich und fragte: »Noch einen Whisky?« Jadow, der auch betreten vor sich auf den Boden geschaut hatte, als bereue er, daß er einem Wildfremden gegenüber so offen gewesen war, antwortete erleichtert: »Ja, gerne. Vertreiben wir die bösen Geister.« Achim sah ihn ungläubig an und lachte: »Komisch. Sage ich auch immer.«

»Na sehen Sie. Also, her mit dem Whisky!«

Mit den Gläsern in der Hand, in denen die goldgelbe Flüssigkeit schimmerte, traten sie gemeinsam ans Fenster. Draußen ging die Dämmerung in eine pechschwarze Nacht über. Ganz unten am Horizont standen noch einige blutrote und tiefviolette Streifen. Robert Jadow schaute in den Himmel. In seiner Stimme lag eine unbestimmbare Sehnsucht. »Es ist so friedlich hier. So weit weg von allen Sorgen.« Achim entgegnete: »Ja, aber es ist auch einsam. Mir fehlt manchmal noch der Krach von Berlin.«

Jadow sah in an: »Glauben Sie mir, das geht schnell vorbei.«

Es wurde trotzdem ein fröhliches Essen. Frau Blume hatte sich wieder einmal selbst übertroffen. Kochen konnte sie wirklich. Als Achim noch Wein nachschenken wollte, lehnte Jadow ab: »Danke, eigentlich sehr gerne, aber ich muß ja noch fahren.«

Achim sagte leichthin: »Ach wo. Rufen Sie morgen früh in der Firma an, und übernachten Sie hier. Wir sind uns doch soweit einig, oder?«

Jadow schmunzelte. »Tja, wenn Sie mich denn wirklich haben wollen...«

Achim grinste zurück: »Aber klar doch. Wenn Sie die Einsamkeit nicht schreckt. Und wenn Sie es über sich bringen, entweder die volkseigenen Blümchentapeten im Inspektorenhaus lieben zu lernen, oder aber die neuesten Errungenschaften der Zivilisation an die Wände zu kleben. In Brachwitz Dorf gibt es ein Tapetengeschäft, und wo man hinsieht: nur Rauhfaser.« Jadow erwiderte daraufhin mit gutmütiger Ironie: »Ich habe schon die ein oder andere Studentenbude renoviert. Ich denke, daß ich das so gerade noch schaffe.«

Achim versuchte, sein Grinsen daran zu hindern, daß es noch breiter würde, als Frau Blume sich einschaltete: »Wenn wir zu dritt anpacken, ist das schnell erledigt. Das Inspektorenhaus ist noch ganz gut in Schuß. Aber wie machen wir's denn nun?«

»Seien Sie doch nicht immer so fürchterlich prosaisch, Frau Blume.« Achim drohte mit dem Finger.

Aber er fuhr fort: »Ja, Herr Jadow, wie sieht es denn mit Ihrer Kündigungsfrist aus? Von mir aus können Sie morgen hier anfangen. Über das Gehalt werden wir uns schon einig, da bin ich mir sicher.«

Jadow griff in die Innentasche seines Jacketts und zog einen kleinen Terminkalender heraus. Er schlug die Jahresübersicht auf und murmelte: »Ja, das könnte gehen. – Hm, ja.« Er schaute hoch: »Ja, Herr Buck, wenn Sie wollen, kann ich tatsächlich sofort anfangen. Ich habe damals eine günstige Kündigungsfrist aushandeln können. Bis zum Quartalsende sind es keine vier Wochen mehr, und ich habe noch jede Menge Resturlaub.«

Achim streckte ihm erfreut die Hand entgegen: »Also abgemacht!« Bei der Wärme und der Stärke von Robert Jadows Hand allerdings kamen ihm wieder ganz unchristliche Gedanken. Wenig später gingen sie alle zu Bett.

• • •

Der nächste Morgen hatte sich im Kalender vertan. Der September spielte noch einmal Sommer.

Die Sonne schien, die Vögel machten einen Krach, als ob sie dafür bezahlt würden, im Eßzimmer standen die letzten frischen Blumen auf dem Tisch – eine Kitschpostkarte war nichts dagegen. Frau Blume war schnell ins Dorf zum Bäcker gegangen, um frische Brötchen zu holen, der Kaffee duftete, und auf dem Tisch dampfte eine riesengroße Schüssel voll mit Rührei. Offenbar hatte sie vor, Robert Jadow gleich für die Brachwitzer Annehmlichkeiten zu begeistern, damit er es sich ja nicht noch anders überlegte.

Achim hatte das Gefühl, daß auch sie von dem neuen Verwalter ausgesprochen angetan war. Naja, kein Wunder, dachte er und rief sich den gestrigen Abend noch einmal ins Gedächtnis. Dieser Robert Jadow war ein Prachtexemplar von Mann. Er war sympathisch, er war intelligent. Und zu allem Überfluß sah er auch noch atemberaubend gut aus. Die breiten Schultern, das lockige schwarze Haar, Augen, denen man nichts abschlagen konnte. – Gab es eigentlich etwas, was dieser Mann nicht besaß?

Achim hatte sich selbst eigentlich immer für recht attraktiv gehalten: Er war über Einsachtzig groß, hatte einen robusten Körper mit recht angenehmen Proportionen, kräftige flachsblonde Haare und lustige blaugraue Augen. In seiner Familie gab es zur Zeit des Dreißigjährigen Krieges einen ganzen Haufen Schweden, die ihre Erbanlagen offenbar erfolgreich bis ins 20. Jahrhundert hineingeschmuggelt hatten. Achim strahlte diese frische und gesunde Männlichkeit aus, die, verbunden mit seinem frechen Charme, auf andere offenbar sehr anziehend wirkte. Wenn er ausging, blieb er selten allein.

Aber all das erschien ihm auf einmal armselig, wenn er an Robert Jadow dachte. Und was nützte ihm außerdem sein Aussehen hier in Brachwitz? Ob die Kühe wohl mehr Milch gaben, wenn er ihnen zuzwinkerte? Bei diesem Gedanken prustete Achim los: die Vorstellung war einfach zu komisch.

Genau in diesem Moment erschien Robert Jadow im Eßzimmer und schaute Achim völlig verstört an. Man konnte förmlich sehen, wie er sich insgeheim fragte, ob galoppierende Verblödung die zwangsläufige Folge des Landlebens in Brachwitz und um Brachwitz herum war. Natürlich versuchte er, sich nichts anmerken zu lassen. Er holte Luft und wünschte Achim einen guten Morgen.

Achim, der halb mit dem Rücken zur Tür saß, drehte sich leicht herum und sagte immer noch lachend: »Guten Morgen! Was meinen Sie: Ob die Kühe wohl mehr Milch geben, wenn ich im Stall ab und zu meinen Charme versprühe?«

Jadow lächelte und erwiderte mit einer feinen Ironie, die Achim nicht zu deuten wußte: »Ich weiß nicht, wie es Ihnen geht, aber ich kann mir das sehr gut vorstellen.« Achim stutzte. Wie meinte er das? Ob er vielleicht... Achim schüttelte leise den Kopf. Nein, das konnte nicht sein. Dieser Mann war doch das Idealbild der in sich selbst ruhenden männlichen Identität. Traum und Wirklichkeit waren doch wohl verschiedene Dinge. Als Achim wieder hochschaute, bemerkte er, daß Robert

Jadow ihn aufmerksam beobachtete. Als sich ihre Blicke trafen, holte er Luft, als ob er etwas sagen wollte. Doch dann hielt er inne, und fragte einen Moment später nur, ob er sich setzen dürfe.

»Aber selbstverständlich«, entgegnete Achim schnell. »Bitte entschuldigen Sie meine Unhöflichkeit. Ich war in Gedanken. Fühlen Sie sich ganz wie zu Hause. In gewisser Weise sind Sie es ja schon. Oder vielmehr: Ich hoffe, daß Sie hier ein neues Zuhause finden.«
Jadow lächelte traurig und sagte leise: »Ich danke Ihnen. Vielleicht finde ich hier etwas Ruhe. Wenn man viel Arbeit hat, grübelt man nicht so leicht.«
Verflixt! Was war los mit diesem Mann? Wieder hätte Achim ihn am liebsten in den Arm genommen. Er war noch nie einem Mann begegnet, der so viel Stärke und gleichzeitig so viel Schutzbedürftigkeit ausgestrahlt hatte. Und das eigenartige war, daß diese Mischung in Achim eine seltsame Mixtur aus Verwirrung und Zuneigung auslöste. Ständig fühlte er sich Jadow gegenüber wie der größere Bruder, der dem Kleineren erklären muß, warum nicht alles im Leben immer schön ist. Er hatte wohl einen tüchtigen Verwalter bekommen, aber ansonsten war dieser Mann ihm einfach ein Rätsel.

»Bitte greifen Sie zu!« Achim nickte seinem Inspektor herzlich zu. Er überlegte eine Weile und sagte dann: »Ich will Sie nicht überfallen, und ich weiß ja auch gar nicht, wie Ihre Planung aussieht, aber was halten Sie davon, wenn wir uns heute vormittag alles einmal ansehen? Nach Mittag könnten Sie dann nach Berlin fahren und ein paar Sachen für die nächsten Tage holen. Wenn Ihnen unser Gästezimmer gefällt, könnten wir die meisten Dinge schon von hier aus erledigen.«

Jadow schaute ihn an und nickte dann: »Eigentlich eine gute Idee. Ich fahre nachher noch kurz in der Firma vorbei, um zu kündigen. Die werden zwar nicht gerade begeistert sein, aber schließlich kann niemand von mir verlangen, eine solche Stellung auszuschlagen.« Er schien einen Moment nachzudenken, und dann sagte er entschieden: »Ja, ich hole nachher die wichtigsten Sachen. Je eher, desto besser. Abgemacht, Herr Buck!«

Achim war froh. Die Aussicht, das Gut wieder aufzubauen, und die noch weitaus verlockendere Aussicht, von nun an jeden Tag mit Robert Jadow zusammen zu sein, versetzte ihn in Hochstimmung. Er ging schnell in die Küche. Im Kühlschrank war noch eine Flasche Champagner. Die holte er, entkorkte sie und goß sich und Robert Jadow ein Glas ein.

»Ich will keine lange Rede halten, und ab morgen gibt es auch keinen Champagner mehr zum Frühstück, aber ich freue mich, daß Sie angenommen haben. Sie werden es bestimmt nicht bereuen. Auf gute Zusammenarbeit!«

Nach dem Frühstück brachen sie auf, um alles zu besichtigen. Robert Jadow zeigte sich offensichtlich beeindruckt, wenn er auch manches Mal ein wenig traurig dreinblickte. Wahrscheinlich kam ihm das alles nur zu bekannt vor. Er hätte der Besitzer eines ganz ähnlichen und kaum kleineren

Gutes werden können, und nun war er ein Ange-
stellter. Die Arbeit würde zwar die gleiche sein,
und ein gutes Inspektorengehalt war auch nicht
viel weniger als das, was dort nach allen Abzügen
schließlich übrigblieb, aber es war trotzdem nicht
dasselbe. Achim spürte dieses Unbehagen, und
er beschränkte sich darauf, alles möglichst knapp
und sachlich zu erläutern, um seinem Verwalter
die ebenso unangenehme wie unumgängliche
Situation so leicht wie möglich zu machen.

Auf einem der »Brandenburgischen Berge«,
einem Sandhügel, der ein paar Meter über dem
Rest lag, und auf dem man weit übers Land
schauen konnte, kniff Robert Jadow denn auch
die Augen zusammen und meinte verbittert: »Herr
Buck, ich beneide Sie.« Achim war merkwürdig
berührt. Schließlich konnte er diesen Mann nur
allzu gut verstehen. Genauso unverschuldet, wie
er selbst aus heiterem Himmel in den Besitz alles
dessen hier gelangt war, genauso unverschuldet
hatte der andere alles verloren. Und um wieviel
schwerer mußte es noch sein, wenn man das alles
schon als kleiner Junge gekannt hatte, und wenn
man sich ernsthaft und mit viel Arbeit darauf vor-
bereitetet hatte, alles einmal zu übernehmen. Und
dann: aus der Traum.
Aus einem plötzlichen Impuls heraus faßte Achim
ihn bei der Schulter und meinte begütigend:
»Nicht traurig sein. Vielleicht finden Sie hier ja
wirklich eine neue Heimat. Jedenfalls werde ich
alles dazu tun, was ich kann.«
Jadow schlug die Augen auf und sah Achim an,
wieder mit dieser Mischung aus Zutrauen und

Distanz. Doch dann entspannten sich seine Züge, und seine Augen wurden milder. Nach einem Moment des Nachdenkens meinte er:»Danke. Sie haben recht. Was vorbei ist, ist vorbei.« Achim nickte bekräftigend:»Es klingt abgedroschen, aber was wirklich zählt, ist die Zukunft. Zu sehr an der Vergangenheit zu hängen, das lähmt. Lassen Sie uns gemeinsam aus all dem etwas machen.«

Aus einem plötzlichen Impuls heraus, als er diesen geschlagenen Mann so mutlos dort stehen sah, fügte er hinzu:»Und wenn es Dir recht ist, dann lassen wir die alberne Siezerei. Wir sind doch ungefähr gleich alt, und ich denke, daß wir dieses Boss-Angestellter-Spielchen nicht unbedingt nötig haben. Außerdem eine feine Gelegenheit, heute abend im Dorfkrug ein paar Bier zu trinken. Also, ich heiße Achim.« Jadow sah ihn an und versuchte, kein allzu gerührtes Gesicht zu machen.
Er räusperte sich verlegen und antwortete:»Danke, sehr gerne. Daß ich Robert heiße, weißt Du ja schon. Und – danke für die herzliche Aufnahme.«
Achim grinste:»Keine Ursache. Reiner Eigennutz.« Robert schaute ihn an, hob leicht die Augenbrauen und sah wieder so aus, als ob er etwas sagen wollte. Er beschränkte sich dann allerdings wieder auf ein kleines Schmunzeln.

Aus einem unbestimmten Gefühl heraus glaubte Achim, daß es für den Moment genug der Rührung sei, und er lenkte das Gespräch wieder auf das, was heute noch zu tun war: »So, das ganze Drumherum kennst Du nun. Wenn wir wieder zurück im Haus sind, dann wartet Blümchen bestimmt schon mit dem Mittagessen auf uns. Danach würde ich Dir gerne noch die Stallungen zeigen. Wenn Du magst, kannst Du aber auch erst nach Berlin fahren.«

»Egal. Werden wir ja sehen. Laß uns jetzt lieber zurückfahren. Ich habe einen mordsmäßigen Hunger.«

»Jaja, das Landleben«, meinte Achim leicht belustigt. »In drei Monaten brauchen wir alle neue Klamotten. Blümchen schwört zwar Stein und Bein, daß sie mich wirklich nicht zu Tode füttern will, aber so ganz sicher bin ich mir da nicht.«

Achim sah seine Vermutungen bestätigt. Sie öffneten die Haustüre, und aus der Küche drang der aromatische Duft eines mit Knoblauch geschmorten Lammbratens. Aber darunter lag noch etwas anderes. Achim schnupperte vernehmlich, konnte sich aber keinen Reim darauf machen. Er schaute Robert fragend an. Der sog den Duft genießerisch mit vibrierenden Nasenflügeln ein und meinte: »Frische Rote Grütze. Lecker!«

Und er fuhr fort: »Mensch, das ist ja fast wie zu Hause. Bei uns gab es immer Heidschnuckenbraten und als Nachtisch Heidelbeerkompott mit Schlagsahne.« Achim erwiderte: »Siehste. Brachwitz ist eben doch nicht so übel.«

Nach dem Mittagessen fuhr Robert doch gleich nach Berlin, um die wichtigsten Dinge zu regeln und schnell ein paar Sachen einzupacken. Nach dem Abendessen, bei dem sich Frau Blume ausgiebig darüber wunderte, wie vertraut die beiden schon miteinander waren, warfen sie noch einen kurzen Blick in die Stallungen. Und als sie beide um zwei Uhr ziemlich besoffen und bester Laune aus dem Dorfkrug stolperten, hatte Achim das Gefühl, daß dieser Abend der Beginn einer wundervollen Freundschaft war.

•••

Zwei Wochen später ging Achim gegen neun Uhr morgens den Kiesweg zum Inspektorenhaus entlang, das ungefähr hundert Meter vom Haupthaus entfernt am Rande eines Wäldchens stand. Das Wäldchen verdiente den Namen eigentlich gar nicht, denn es mochte sich um vielleicht dreißig Bäume handeln, die dort zwischen zwei Feldern standen. Wahrscheinlich hatten sie es dem kleinen Weiher, der neben dem Haus in der Morgensonne glitzerte, zu verdanken, daß sie niemals abgeholzt worden waren. Das Grundwasser stand an dieser Stelle so hoch, daß es sinnlos gewesen wäre, diese Miniaturausgabe eines Sees zuzuschütten. Herausgekommen wäre dabei wohl nur eine Art Schlammgrube, die bestenfalls dazu taugte, ein paar Sumpfdotterblumen und ein paar Frösche zu beherbergen.

Als Achim das Haus erreichte, betätigte er den Klopfer an der alten Eichentür, einen grimmig dreinschauenden Löwen mit einem großen Ring im Maul. Als von drinnen keine Antwort kam, klopfte er noch einmal. Wieder keine Antwort. Da sie aber ausgemacht hatten, daß er um neun Uhr kommen sollte, öffnete Achim die Tür. Im Flur horchte er eine Weile und rief dann: »Hallo, jemand zu Hause?«

»Achim?« hörte er aus einem der hinteren Räume.

»Höchstpersönlich. – Sag mal, wo steckst du?«

»Unter der Dusche. Komm doch rein, die Tür ist offen.«

»Ich bin schon drinnen; von draußen könntest Du mich wohl kaum hören.« Robert lachte und rief: »Klingt irgendwie logisch. – Setz Dich doch schon mal, in der Küche steht noch Kaffee auf dem Herd. In fünf Minuten bin ich fertig.«

Durch ein kleines Eßzimmer, das rechts von der Diele lag, ging Achim durch in die Küche, die ungefähr die Form eines Schlüssels hatte: Von dem Raum, den man betrat, ging ein Schlauch ab, auf dessen einer Seite zwei große Fenster waren und auf der anderen Seite die Gerätschaften. Der Raum, der ursprünglich die ganze Küche gewesen war, bevor angebaut worden war, besaß nur ein Fenster, das etwas kleiner war als die beiden anderen. Aber man hatte von dort aus einen wunderbaren Blick auf den kleinen See. Frühstück im Inspektorenhaus war inklusive der Aussicht auf Enten, Schilf und Fischreiher.

Achim schaute sich in der Küche um und staunte, was Robert in der kurzen Zeit aus dem ehemals nüchternen Raum gemacht hatte. Er hatte Möbel aus unbehandeltem massivem Holz gekauft, die ein kleines Vermögen gekostet haben mußten. An großen Haken hingen Töpfe und Pfannen aus

Edelstahl, die einem professionellen Koch würdig gewesen wären, und die mit Sicherheit auch nicht gerade billig waren. Abgerundet wurde der zugleich klare und doch gemütliche Eindruck, den dieser Raum nun ausstrahlte, von einem riesenhaften Farn, der in einer freien Ecke stand. Achim hatte sich gerade aus dem Kaffeetopf, der auf dem Herd stand und eifrig vor sich hindampfte, eine Tasse voll genommen und sich an den blankgescheuerten Tisch gesetzt, als Robert durch die Tür kam.

»Guten Morgen!«, sagte er fröhlich. »Hast Du Dich schon umgesehen? Mensch, Du kannst Dir gar nicht vorstellen, wieviel Spaß es mir macht, das alles hier herzurichten.«

»Und Du machst es mit einigem Geschick«, entgegnete Achim. »Die Küche ist zum Verlieben. Die neuen Möbel sind einfach klasse.« Insgeheim dachte Achim, daß nicht nur die Möbel zum Verlieben seien.

Zum ersten Mal sah er Robert mit nacktem Oberkörper. Und was er dort sah, war definitiv einen Heiratsantrag wert. Robert Jadow hatte offenbar von Mutter Natur mitbekommen, was andere mit jahrelanger Schufterei im Fitneßstudio nicht erreichten. Und um genau zu sein, mochte Achim sich diese Anabolikamöpse auch gar nicht vorstellen. Denn was er in diesem Moment vor Augen hatte, schlug einfach alles: Robert Jadow war offensichtlich eine Sonderanfertigung, Modell »Griechischer Gott«. Ein wohlgeformter Torso mit perfekten Proportionen, ein großzügiger und kräftig gewölbter Brustkorb, Arme wie aus Marmor gemeißelt. Und zu allem Überfluß hatte dieser Kerl auch noch einen Pelz aus dichten und kurzen schwarzen Haaren auf der Brust, deren Form sich nach unten verjüngte, um dann dummerweise in der Jeans zu verschwinden.

Achim räusperte sich. »Willst Du Dir nicht was überziehen?«, fragte er ziemlich irritiert.
»Wieso?«, fragte Robert grinsend.
Irgendwie wurde Achim den Verdacht nicht los, daß dieser Mann vielleicht doch nicht so hetero war, wie er tat. Aber wieso legte er dann solch einen Wert auf die Fassade? Blieben eigentlich nur zwei Möglichkeiten: Entweder wirkte er selbst auf Robert ziemlich hetero, oder er war in seinen Augen himmelschreiend unattraktiv. Aber so lange Achim auch darüber nachdachte, er konnte sich auf die ganze Geschichte keinen Reim machen. Ihn hatte von Anfang an ein unbestimmbares Gefühl davon abgehalten, an dieser Oberfläche einmal zu kratzen. Zwar war er sich mittlerweile sicher, daß er sich nicht wirklich eine Ohrfeige einhandeln würde, wenn er tatsächlich einmal so verrückt sein sollte, Robert auf den Pelz zu rücken. Andererseits hatte er das Gefühl, daß er, wenn er es täte, einen Stein ins Rollen bringen würde, und der Himmel wußte, welchen Schaden diese Lawine dann anrichten würde.

Er sagte also nur so harmlos wie möglich: »Ach, nichts weiter. Ich will nur nicht, daß Du Dich erkältest. Das wäre das letzte, was wir jetzt brauchen können, soviel Arbeit wie wir haben.«

»Stimmt, Du hast recht«, antwortete Robert kurz und ungemütlich. »Ich hole mir schnell einen Pulli. Falls Du noch Hunger hast: Brötchen sind im Backofen.« Und er verschwand.

Achim blieb in der Küche zurück und fühlte sich auf einmal fürchterlich einsam. Robert hatte ihn zurückgewiesen, weil er sich verletzt fühlte. Teufel, konnte dieser Mensch denn in seinen Kopf hineinsehen? Was spielte sich da zwischen ihm und Robert ab? Sicherlich keines der Dramen, die die Schöneberger Kneipen erschütterten. Aber auch keine einfache Freundschaft.

• • •

In den nächsten Tagen stand eine Art von Spannung und Distanz zwischen den beiden, die das Zusammensein weniger ungemütlich als verdammt anstrengend machte. Achim hatte beständig das Gefühl, als müsse er sich bei Robert für etwas entschuldigen, das er nicht getan hatte, und Robert war anzumerken, daß er häufig kurz davor stand, etwas zu sagen. Aber nie überwand er die Hemmungen, die ihn daran hinderten, tatsächlich ein Gespräch zu beginnen. Es war beinahe so, als wenn sich jeder in seine sichere Ecke zurückgezogen hätte, um den anderen von dort aus zu beobachten. Kein Lauern, kein Abschätzen. Viel eher der Versuch, den anderen zu ergründen und zu verstehen, zu begreifen, was sich da zwischen ihnen abspielte.

Wenig später waren sie in Achims Pickup gemeinsam unterwegs nach Potsdam, um einige landwirtschaftliche Geräte zu besorgen. Es war ein schöner Herbsttag, windstill, sonnig und warm. Als sie durch eine der letzten Alleen vor der Stadt fuhren, meinte Achim leichthin:»Wollen wir uns nicht Sanssouci ansehen?«

Robert erwiderte:»Von mir aus. Aber auf das Schloß habe ich keine Lust. Laß uns durch den Park gehen.«

»Sag mal, was ist eigentlich los mit Dir?« fragte Achim leicht gereizt.

»Ach, nichts. Ich bin einfach nicht gut drauf«, muffelte Robert vor sich hin.

»Das merke ich.« Den Rest der Fahrt schwiegen sie. Obwohl Achim sich sagte, daß er wegen Roberts Launen eigentlich hätte verärgert sein sollen, ließ er es für den Moment gut sein. Ein Spaziergang im Park von Sanssouci war vielleicht gar nicht schlecht; er würde einen günstigen Moment abwarten und Robert dann fragen, was ihn bewegte.

Achim parkte den Wagen irgendwo am westlichen Stadtrand, ein paar Minuten zu Fuß vom Schloß entfernt. Er stieg aus und schlug die Fahrertür zu. Robert blieb im Auto sitzen und machte keinerlei Anstalten, sich zu bewegen. Fast hatte es den Eindruck, als wolle er dort sitzen bleiben wie ein kleiner Junge, der denkt, daß, wenn er nur fest und lange genug die Augen zumacht, das böse Nachtgespenst schon wieder von ganz alleine verschwinden wird. Beinahe hätte Achim laut gelacht. Diesen großen und kräftigen Mann dort sitzen zu sehen wie einen kleinen Jungen, der Angst vorm Schwarzen Mann hat, hatte etwas Komisches, zugleich aber auch etwas ungeheuer Anrührendes. Vor fünf Minuten hätte er diesem Kerl am liebsten noch eine runtergehauen, und jetzt wollte er ihn wieder in den Arm nehmen; es war unglaublich, wie Robert es schaffte, daß Achims Gefühle, sobald er in seiner Nähe war, geradezu Achterbahn fuhren.

Achim lächelte. Weiß der Teufel, was ihn dazu getrieben hatte, ausgerechnet Robert für diese Stelle auszusuchen. Wahrscheinlich hatte ihn dabei irgendein Instinkt getrieben, denn dieser Mann war schon nach dieser kurzen Zeit, eigentlich von Anfang an, weitaus mehr für ihn als bloß sein Verwalter. Langsam ging er um den Wagen herum und öffnete die Beifahrertür. Robert saß immer noch unbeweglich da und schaute nach vorn durch die Windschutzscheibe. Achim berührte ihn leicht an der Schulter und fragte: »Hey, was ist denn los? Kann ich Dir irgendwie helfen, oder gehöre ich zum Problem?«
Robert drehte den Kopf, schlug die Augen auf und sah Achim an. Es dauerte eine Weile, bis er antwortete; er sah aus, als käme er von weither, als müßte er erst aus einem ganzen Ozean von Gedanken wieder auftauchen. Doch dann lächelte er; ein trauriges kleines Lächeln, und er sagte: »Komm. Laß uns eine Stunde gehen.«

Achim war klug genug, Robert nicht zu drängen. Das Dümmste, was er jetzt hätte machen können, wäre gewesen, in Schwiegermuttermanier künstliche Heiterkeit zu verbreiten, oder – noch schlimmer – mit bohrenden Fragen zu nerven, um etwas aus Robert herauszubekommen.

In dem windgeschützten Areal des Parks war es noch erstaunlich warm. Und obwohl es schon gegen Ende Oktober ging, war noch das meiste Laub auf den Bäumen und erging sich in einem wahren Feuerwerk von Farben: feuriges Rostrot, Reste von Grün, das Gelb reifer Äpfel. Und darüber der blaßblaue Himmel mit einigen kleinen weißen Wolken. Es schien, als ob der Park an diesem Tag unter allen Umständen den Beweis antreten wollte, daß er in Wirklichkeit viel schöner war als jede nur denkbare Postkarte. Achim sah dies alles und fing leise an zu lachen. Robert sah ihn an und fragte irritiert: »Was denn? Ich will mitlachen.«
»Ach, ich mußte bloß gerade an diesen Spruch von den blühenden Landschaften denken. Für heute hat er ja mal recht behalten«, gluckste Achim.
Robert entgegnete nichts darauf. Es war wohl nicht damit zu rechnen, daß er im Laufe des Tages seinen Humor noch einmal wiederfinden würde. Schweigend gingen die beiden eine lange Weile nebeneinander her. Gerade wollte Achim ein neues Gespräch in Gang bringen, als Robert ihn am Arm faßte und ihm so zu erkennen gab, er solle einen Augenblick stehenbleiben. Er sah Achim an und begann zu sprechen. Doch nach wenigen Worten stockte er und schaute zu Boden. In seinem Gesicht zeichnete sich Unsicherheit ab, so, als wisse er nicht, wieviel er sagen sollte, und

wie er es sagen sollte. Aber dann hob er den Kopf und sah Achim mit einem beinahe zärtlichen Blick in die Augen. Zögernd begann er zu sprechen:

»Ganz am Anfang hast Du einmal gesagt, bei der Besetzung dieser Stellung heiße es Vertrauen gegen Vertrauen. Und ich... – Ich hoffe, und ich denke, daß es Dir genauso geht wie mir, wenn ich sage, daß Du für mich mehr bist als bloß mein Arbeitgeber. Ich danke Dir noch einmal aufrichtig für die herzliche Aufnahme auf Brachwitz und... – für Deine Freundschaft. Und bitte sei mir nicht böse, wenn ich in der letzten Zeit ziemlich mürrisch bin, und wenn ich jetzt noch nicht darüber reden will. Aber ich freue mich, daß Du da bist, und daß Du so geduldig bist. Laß uns einfach abwarten, was die Zukunft bringt.« Still umarmte Achim ihn. Er sah Robert an und sagte nur: »Komm. Laß uns nach Hause fahren.«

• • •

Die darauffolgenden Tage und Wochen verbreiteten eine Heiterkeit, eine Gelassenheit, daß es schon beinahe unheimlich war. Dieses Jahr war der Herbst ein zufriedener alter Mann, der auf sein Leben zurückschaut und ohne Furcht den Winter kommen sieht. Die Tage waren angefüllt mit allerlei Vorbereitungen. Drainagepläne wollten durchgearbeitet sein, Saatgut wurde gekauft, Termine für Ausbesserungen wurden festgelegt. Zähe Verhandlungen mit den Banken standen an. Achim kam zugute, daß er noch von der Steuerberatungskanzlei gute Verbindungen zu Berliner Instituten hatte. Und als die Verhandlungen an dem ein oder anderen Punkt so gar nicht voranzukommen schienen, genügte ein zarter Hinweis auf diese alten Verbindungen, um die örtlichen Direktoren ein wenig zugänglicher zu machen.

Fast immer hatte er Robert dabei. Seine Nähe gab ihm ein Gefühl von Familie, von Geborgenheit und Sicherheit. Das war sicherlich eine übertriebene Vorstellung, denn der Mann war ja schließlich nur sein Verwalter. Andererseits war in dieser kurzen Zeit schon eine Freundschaft entstanden, die in anderen Konstellationen selbst nach Jahren nicht erwuchs. Kurz und gut: Achim war jung, er hatte eine neue Aufgabe, die Dinge fügten sich: Es machte einfach Freude.

Der Wermutstropfen war, daß er manche Nacht nicht schlafen konnte. In vielen Nächten, in denen entweder der Mond in sein Zimmer hineingrinste, oder in denen milchige, kaltweiße Nebelschwaden über die Felder zogen, starrte er zum Fenster hinaus und versuchte zu ergründen, wie es um Robert stand. Und wenn er ehrlich mit sich selber war, dann mußte er zugeben, daß ihn eigentlich interessierte, wie Robert zu ihm stand. Bildete er sich das alles ein, oder lag in dem Blick des Mannes, in seiner Stimme, in seinen Gesten manchmal ein wenig mehr als eine noch junge, wenn auch zugegebenermaßen intensive Freundschaft?
Er hoffte es so sehr. Er wollte es glauben, aber er hatte einfach nicht den Mut dazu. Was wäre einfacher gewesen, als Robert bei einer nichtigen

Gelegenheit leichthin zu fragen, ob er eine Freundin habe? Ein Vorwand für solch eine Frage ließe sich leicht finden: Er könnte schließlich behaupten, daß er, wenn es eine solche Freundin gebe, sie gerne einmal nach Brachwitz eingeladen hätte. Aber eigentlich glaubte er gar nicht, daß eine solche Freundin existierte. Robert hatte seit er hier war, also seit über drei Wochen, den Hof nicht verlassen. Nicht einmal am Wochenende war er nach Berlin gefahren. Es schien, als habe er gar keine Kontakte dort. Aber das konnte doch einfach nicht sein! Ein Mann wie Robert Jadow blieb doch nicht allein! Gleich, ob Mann oder Frau, aber mit einem solchen Prachtstück gab doch wohl jeder gerne an. Wäre da nicht der verletzliche Ausdruck in den Augen gewesen, die unsichtbare Mauer, die Robert um sich herum zu errichten schien, dann hätte Achim wirklich geglaubt, daß dieser Mann ihm etwas vormachte oder verschwieg.

Das waren seine Gedanken in der Nacht. Eigentlich konnte er an gar nichts anderes mehr denken, als immer nur an Robert, Robert, Robert. Er fürchtete bereits, sich lächerlich zu machen. Denn es konnte seiner Umwelt wohl kaum entgehen, daß eine gewisse Veränderung mit ihm vorgegangen war.

Trotz dieser lastenden Gedanken: Wie anders waren die Tage! Wie zwei Halbwüchsige turnten sie in den Feldern herum, schmiedeten Pläne, zogen sich gegenseitig auf, wollten die ganze Welt überschwemmen mit Rindern und Roggen aus Brachwitz. Und wie die Pfadfinder saßen sie abends am Kamin. Erzählten sich Geschichten aus ihrer Kindheit, tranken mit Jack Daniels auf Du und Du. Sie lachten viel miteinander. Sie diskutierten, schwiegen miteinander, schauten sich gemeinsam alte Filme mit Doris Day an. An manchen Abenden saß auch Blümchen dabei, und sie spielten irgendwelche langweiligen Gesellschaftsspiele, aber sie fühlten sich dabei wie eine richtige Familie.

Nach einem dieser Abende hatte ihn Robert kurz und herzlich umarmt und ihm gesagt, wie glücklich er sei, auf Brachwitz zu sein.

Nun wußte Achim gar nicht mehr, was er denken sollte.

• • •

Einige Tage später, es war irgendwann mitten in der Woche am Vormittag, saß Achim hinter dem Computer und versuchte, dem widerborstigen Programm einige Rentabilitätsberechnungen abzutrotzen. Die Bande, die diese Höllenmaschinen erfunden hatte, sollte man eigentlich vergiften, dachte er mürrisch bei sich. Im Aschenbecher vor ihm qualmte schon die fünfte Zigarette vor sich hin, ohne daß er Gelegenheit hatte, einmal daran zu ziehen. Ständig verlangte dieses dusselige Programm irgendeine Eingabe, einen Mausklick, die Enter-Taste.

Immerhin schien die Sonne ins Zimmer. Selbst dieser Micromurks war leichter zu ertragen in der Brachwitzer Idylle, die wieder einmal Postkarte spielte. Achim hielt einen Moment inne und seufzte. Er nahm einen Schluck Kaffee, drehte sich halb mit dem Bürostuhl zum Fenster und sah hinaus. Es war schon merkwürdig, wie ihn diese kurze Zeit hier verändert hatte. In Berlin war es ihm völlig natürlich erschienen, hinter dem Computer zu hocken und froh zu sein, wenn die Abgase von der Straße nicht allzusehr stanken. Er war froh über jede Aufhellung des Dunstschleiers über der Stadt, und ohne Verkehrsstau nach Hause zu kommen, war beinahe schon der Gipfel der Glückseligkeit. Und hier? Alles anders. Warum, zum Teufel, hockte er hinter diesem vermaledeiten Ding? Draußen in den Wiesen mußte es jetzt herrlich sein. Okay, noch war da keine Kuh, die er hinter dem Ohr kraulen konnte. Aber bald würden sie da sein: Else, Martha, Elfriede und Kunigunde. Er hatte fest vor, seinen Kühen Namen zu geben. – Eine etwas alberne Vorstellung, aber dennoch mußte er dabei grinsen.

Die mürrische Unzufriedenheit, die ihn schon den ganzen Morgen verfolgte, konnte das aber auch nicht vertreiben. Offenbar war er gerade dabei, wirklich und endlich in Brachwitz anzukommen. Ihm war weder wohl bei dem Gedanken, irgendwann wieder zurück nach Berlin zu gehen, noch erschien es ihm irgendwie real, sich auf Dauer in Brachwitz niederzulassen. Mit einem Wort: Er stand mal wieder mit beiden Beinen fest in der Luft. Und Roberts Sprunghaftigkeit war auch nicht gerade dazu angetan, einen ausgeglichenen Menschen aus ihm zu machen.

In der Diele schlug es wieder Z-Moll. Teufel! Er fühlte die Unruhe in sich hochsteigen. Und er wurde das verdammte Gefühl nicht los, daß diese Unruhe gar nicht mal so groß wäre, wenn er endlich wüßte, wes Geistes Kind Robert Jadow war.

Es klopfte an der Tür. Das Klopfen sollte wohl bestimmt klingen, aber es war so energisch wie Schwindsucht im Endstadium. Achim tauchte aus seinen Grübeleien auf, blickte verwirrt zur Tür und krächzte »Herein!« Er hielt inne, räusperte sich und brachte ein halbwegs sonores »—— Herein!!« zustande.

Die Tür öffnete sich. Ein etwas verlegener Robert erschien im Türrahmen. Achim bemühte sich, nicht allzu erstaunt zu wirken. Was denn nun? Die ganzen letzten Wochen flogen in diesem Haus die Türen auf, ohne daß sich irgendjemand darum scherte, ob danach jemand Herztropfen brauchte oder nicht. Und nun auf einmal klopfte Robert wie ein Fremder. Achims Laune fiel ins Bodenlose.
Er versuchte ein verbindliches Lächeln: »Herein, wenn's kein Schneider ist. – Seit wann klopfst Du an?« Robert zeigte ein verlegenes Lächeln. »Nun ja, Achim, ich habe eine Bitte.«
»Du willst kündigen.«
»Mach keine Witze.« Robert sah unbehaglich aus. Er atmete tief ein und wieder aus, ohne etwas zu sagen. Dann fuhr er stockend fort. »Nein, ich will natürlich nicht kündigen. Du weißt, wie wohl ich mich hier auf Brachwitz fühle. Aber ich möchte Dich darum bitten, mir einige Tage frei zu geben.«
Achim hob erstaunt die Augenbrauen. Er setzte an, holte Luft, runzelte verägert die Stirn und atmete geräuschvoll aus.

Robert schaute ihn daraufhin mit einer merkwürdigen Mischung aus Erstaunen und Besorgnis an. Ein paar verdammt lange kleine Sekunden sagte keiner von ihnen ein Wort.

Schließlich hob Achim an: »Robert, was soll das? Bin ich so ein Unmensch? Du kommst hier reingeschlichen, als ob ich mit der Peitsche hinter Dir stünde. – Natürlich kannst Du ein paar Tage Urlaub nehmen. Herrgottnochmal, Du bist mein Verwalter. Du bist der Landwirt. Du weißt am besten, wann Du abkömmlich bist.« Er gab dem Bürostuhl einen Schwung und schaute einen Moment aus dem Fenster.

Einem plötzlichen Impuls nachgebend, drehte er sich zurück und schaute den Mann, der dort in der Zimmermitte stand wie bestellt und nicht abgeholt, an. »Mensch, Robert, klar kannst Du hier raus. Du weißt, wie gerne ich Dich mag. Selbst eine Kündigung würde ich von Dir fristlos akzeptieren. Eben weil ich Dich respektiere, und weil ich so froh bin, daß Du hier bist. Weil ich Dich mag.«
Robert stand in der Mitte des Zimmers, schnappte nach Luft wie ein Goldfisch und brachte noch zustande: »In drei Tagen bin ich wieder hier.« Kehrt, Marsch auf dem Absatz. Tür auf. Robert raus. Tür zu.

Achim wußte nicht, ob er lachen oder diesem verstockten Kerl nachlaufen sollte. Jedenfalls war das, was man einen bühnenreifen Abgang nennt.

• • •

Robert Jadow war verwirrt wie noch nie in seinem Leben. Verdammt, was war das denn gerade?! Er hatte versucht, seinen letzten Rest Gelassenheit zusammenzukratzen und Achim einfach um ein paar Tage Urlaub zu bitten. Stattdessen Förmlichkeit, Gestammel, Murks. Mann, was an diesem Mann brachte ihn so durcheinander? Er hatte vorgehabt, einfach zu seiner Schwester zu fahren. Ein paar Tage Familie schnuppern. Nichts besonderes. Warum, zum Teufel, war das jetzt so gelaufen?

Robert stolperte den Weg zum Inspektorenhaus mehr, als daß er ihn ging. Er öffnete die Tür so hastig, daß sie gegen die Wand knallte und zurückschwang. Beinahe hätte er sie vor den Kopf bekommen. Er wich zurück und stand in sich zusammengesunken da wie eine Marionette, der man die Fäden durchgeschnitten hatte. Nach einigen Sekunden der Bewegungslosigkeit schreckte er auf, hastete ins Schlafzimmer und sah sich um. Dort, die Sporttasche. Der Schrank. Schnell ein paar Klamotten eingepackt. Egal, was. Für drei Tage bei seiner Schwester reichte es. Rasch schaute er sich nochmals um. Es schien alles in Ordnung zu sein. Er lief beinahe zur Eingangstür, warf sie ins Schloß, drehte den Schlüssel herum und stopfte ihn in seine Jeans. Herr im Himmel, das war eine Flucht. Eine Flucht wovor?

Er schulterte die Sporttasche und ging schnellen Schrittes in Richtung Dorfstraße. Nach einigen Minuten erreichte er den Bahnhof. Er stolperte in den Zug Richtung Berlin, der einfuhr, öffnete schlafwandlerisch die Tür zum Abteil, ließ sich in den Sitz fallen und starrte sinnlos in die Gegend.

In Berlin nahm er kaum den Bahnhof wahr. Er spähte nach einer Telefonzelle. Da war eine. Er rief seine Schwester an. Kurze Zeit später saß er in ihrem uralten Volvo, und sie fuhren los.

»Na, Robbie, was ist los?« Robert sah sie unsicher von der Seite an. »Wieso, was soll los sein?!«
»Brüderchen, ich kenne Dich jetzt seit 28 Jahren. Wenn Du so guckst, dann hast Du entweder vergessen, den Schein abzugeben, der den Lotto-Sechser gebracht hat, oder Du bist unglücklich verliebt.«
»Stimmt. In einen Mann«, platzte Robert heraus.
Der Volvo machte einen kleinen Schlenker. Selbst Schwedenstahl war wohl offenbar aus der Ruhe zu bringen.
»Warte mal. Da drüben ist ein Imbiß. Das mußt Du mir in Ruhe bei einer Tasse Kaffee erzählen.«
Theresa fuhr den Volvo rechts ran. Normalerweise war sie durch nichts aus der Ruhe zu bringen, aber diesmal fiel das Einparken ein wenig rasanter aus als sonst. Sie stellte den Motor ab, zog die Handbremse an und betrachtete ihren Bruder eingehend von der Seite.

»Sag mal, Robbie, war das jetzt ein Witz? Können wir weiterfahren, oder hast Du das ernst gemeint?«

»Ach, ich weiß auch nicht. Ich weiß ja selbst nicht mehr, was mit mir los ist. Aber das, was ich für ihn empfinde, fühlt sich verdammt wie Liebe an.«
»Okay.« Theresa schmunzelte. »Also doch eine Tasse Kaffee.« Ihr Schmunzeln ging in ein breites Grinsen über. »Brüderchen, Brüderchen, Du machst aber auch Sachen. Wenn das der Papst wüßte.« Ihre Mundwinkel berührten fast die Ohren.

Robert schaute sie an, beinahe ein wenig verärgert. »Mensch, Tessa, das ist kein Witz. Ich weiß nicht, wie mir geschieht. Okay, ich hatte – fall nicht um – in der Zeit in Berlin ein paar Männergeschichten. Ganz nett soweit. Irgendwie prickelnd. Irgendwie anders. – Aber... Verdammt nochmal, was ich für diesen Mann empfinde, das ist neu. Scheiße. Ich glaube, ich liebe diesen Kerl.«
»Robbie, Darling, mach mal halblang. Und wenn schon. Trägst Du rosa Rüschenröcke und läufst Gefahr, von irgendwelchen Glatzen zusammengedroschen zu werden? Was, zum Teufel, ist so schlimm daran?«
Robert holte tief Luft, um seiner Schwester zu antworten. Tessa jedoch sah ihn an, schüttelte kurz und bestimmt den Kopf und meinte: »Halt die Luft an. Steig aus und komm mit da rein. Das klären wir wirklich besser bei einer Tasse Kaffee.«

•••

Theresa balancierte ein Tablett mit Cheeseburgern, Rührei und großen Tassen voll dampfendem Kaffee. Sie wich geschickt einem Fünfjährigen aus, der mit weit ausgebreiteten Armen offenbar Jagd auf irgendwelche unsichtbaren Weltraummonster machte. Am Tisch angekommen, verdrehte sie die Augen und sagte im Brustton der Überzeugung: »Kinder sind was Wunderbares!« Nur wer sie und ihre Einstellung zu Reihenhäusern, Einbauküchen und treusorgenden Ehemännern inklusive Nachwuchs kannte, wußte das kleine ironische Lächeln zu deuten, das ganz augenscheinlich überhaupt nicht zu dieser Aussage paßte, die direkt aus der Wahlkampfrede eines konservativen Politikers zu entstammen schien.

Robert schreckte auf, schaute sie verwirrt an und meinte entschuldigend: »Was hast Du gesagt?« Tessa musterte ihn mit einem Blick, in dem sowohl Sorge als auch Belustigung lag.

»Nichts, was irgendwie wichtig wäre, Bruder.« Sie runzelte die Stirn. »Sag mal, was ist eigentlich los? Was macht Dich so fertig?« Robert wand sich auf seinem Stuhl. Ihm war anzusehen, daß er auf keinen Fall mit der Sprache herausrücken wollte.

Tessa spielte die praktisch veranlagte und etwas minderbemittelte Schwester: »Komm, iß erstmal was. Mit vollem Magen redet es sich leichter.« Sie würde ihn schon zum Reden kriegen. Jedenfalls hatte sie nicht vor, den Imbiß zu verlassen, ehe sie wußte, wo der Hund begraben war.

Robert befaßte sich lustlos mit seinem Rührei. Schien kein guter Tag zu sein für Rührei. Auch die Cheeseburger, die er sonst zu jeder Tages- und Nachtzeit essen konnte, sahen nicht besonders lecker aus. Als er seine Schwester betrachtete, mußte er trotz allem lächeln. Tessa mampfte wie ein Preisboxer. Wie schaffte diese Frau es eigentlich, am Tag locker 3500 Kalorien zu verbrennen?! Die Menge schaffte er auch, aber seine Schwester schlug auch keine Zaunpfähle in den Boden, um irgendwelche Kühe mitten in der Pampa dazu zu bewegen, irgendwann einmal als Cheeseburger zu enden. Mit einem schiefen Grinsen sah er sie an und sagte: »Die Igitte-Diät ist bei Dir wohl nicht angesagt, was?«

»Nö. Aber bei Dir offenbar. Wenn Du Cheeseburger liegen läßt, dann ist Holland in Not. Also. Was ist los? Rede endlich.« Robert fixierte unbehaglich einen Punkt in der Ecke des Raumes. Er schaute seine Schwester an, holte tief Luft und atmete dann wieder geräuschvoll aus, ohne etwas zu sagen.

Tessa klapperte mit ihren Fingernägeln auf dem Tisch. Sie runzelte die Stirn, sah Robert ins Gesicht und meinte trocken: »Du bist schwul. Die Männer hier in Berlin waren keine Ausrutscher. Der Kerl, in den Du jetzt verliebt bist, ist ganz bestimmt kein Ausrutscher. Und Du hast die Hosen gestrichen voll.« Robert wußte nicht, ob er ihr um den Hals fallen oder ihr eine runterhauen wollte. Er riß die Augen auf, stammelte irgendetwas. Schließlich wurde er rot, senkte den Blick und murmelte leise: »Stimmt. Das ist es. Du hast – verdammt nochmal – recht.« Tessa musterte ihn leicht verärgert. »Herrgottnochmal, das ist alles?! Hey, Robbie, wo ist das Problem?«

»Ich will nicht schwul sein.«

Jetzt war sie wirklich sauer. Sie kannte ihren Bruder. Das war keine Angst vor gesellschaftlichen Repressalien. Keine Angst vor rechtsradikalen Idioten. Das war einfach die verkorkste Weltsicht ihres gemeinsamen Vaters. Theresa fixierte ihren Bruder und sagte mit schneidender Klarheit: »Brüderchen, Du hast Scheiße im Kopf. Das sind Sprüche, die unser Erzeuger bringen würde, wenn er denn noch unter den Lebenden weilte. Schalte bitte mal Deinen Verstand an und rede nicht solchen Müll.«

Robert zuckte zurück, als hätte Tessa ihn geschlagen. Seine Augen wurden schmal, und er raunzte zurück: »Danke. Wirklich! Vielen Dank! Genau diese Herzenswärme habe ich jetzt gebraucht.«

Tessa blieb unerbittlich. »Robbie, Du weißt ganz genau, wie ich das meine. Ich versuche Dir nur klarzumachen, daß das überhaupt kein Problem ist. Mensch, Junge! Wir leben in den Neunzigern. Der Alte ist tot. Und Du bist Landwirt, kein Karbolmäuschen in einem katholischen Krankenhaus. Mach Dir bitte einmal klar, daß das völlig in Ordnung ist. Es lohnt nicht einmal darüber zu reden.«

Robert sackte in sich zusammen und sah klein und elend aus auf seinem Stuhl. Theresa nahm seine Hand und redete beruhigend auf ihn ein. »Mensch, Brüderchen, Du weißt doch, daß ich es nicht böse meine. Aber Du weißt genauso wie ich, was wir für eine verkorkste Erziehung gehabt haben. Und da bin ich sozusagen gleich mit dem Eimer kaltem Wasser gekommen, damit Du begreifst, daß die Welt nicht zusammenbricht.«

Robert guckte wie ein waidwunder Dackel. Dann veränderte sich sein Gesichtsausdruck und man konnte förmlich sehen, wie sich die Erkenntnis von ganz hinten nach vorn durcharbeitete, daß Tessa vielleicht doch recht hatte.

»So, und jetzt ißt Du erstmal auf. Vorher rede ich kein Wort mehr.« Bei ihrem breiten und unbeschwerten Grinsen mußte Robert dann doch lächeln. Seine Schwester war schon schwer in Ordnung. Und merkwürdigerweise hatte er auf einmal einen Bärenhunger.

● ● ●

Spätabends saßen sie bei Theresa. Der Wein in den Gläsern schimmerte fast schwarz. Ab und zu knarrte eine Bodendiele, und die Heizung machte leise Geräusche. Es hätte fast gemütlich sein können, aber Robert schwankte zwischen einem Gefühl der Erleichterung, daß er mit seiner Schwester reden konnte und der irrationalen Vorstellung, daß ihm sein ganzes Leben entglitt. Er hatte einfach die Angst, den Boden unter den Füßen zu verlieren und immer weiter zu fallen. Er wünschte sich, wieder fünf Jahre alt zu sein. Damals war das Leben noch einfach.

»Hey, Robbie. Was ist denn so schlimm?« Tessa musterte ihn mit liebevoller Besorgnis.

Er seufzte tief auf. »Nichts. Alles. Ach, ich weiß auch nicht.« Im Hintergrund sang Frank Sinatra »I concentrate on you«. Eine nette Ironie, dachte Robert bei sich. Tessa unterzog ihn hier der großen Inquisition, und gleichzeitig ging ihm Achim nicht mehr aus dem Kopf, seit er in Berlin war. In den wenigen Stunden hatte er ihn bereits vermißt, als ob sie seit Monaten getrennt wären.

»Bist Du krank, hast Du Dir was eingefangen?«
Tessa klang so besorgt, daß Robert sie einen
Augenblick lang voller Unverständnis ansah.
Dann dämmerte ihm, daß seine Schwester ganz
vorsichtig herauszubekommen versuchte, ob
seine Niedergeschlagenheit damit zusammen-
hing, daß er sich mit HIV infiziert hatte. Als dieser
Gedanke in seinem Kopf Raum gegriffen hatte,
weiteten sich seine Augen vor Schreck, und er
stammelte: »Gott, nein, Tessa. Das ist es nicht.
Das ist es gottseidank nicht.« Er zögerte einen
kurzen Moment. »Ach, Schwesterlein, hast Du Dir
darüber die ganze Zeit Sorgen gemacht? Das tut
mir leid. Nein. Es war immer alles safe and beautiful. Naja, vielleicht nicht ganz so beautiful.« Er
versuchte ein kleines Lächeln.

»Um genau zu sein, habe ich mich die ganze Zeit
mehr oder weniger scheußlich gefühlt. Verstehst
Du: Da tut man das, was man eigentlich will, und
es ist perfekt, es ist natürlich, es ist einfach wunderbar. Und am nächsten Morgen fühlst du dich
einfach nur beschissen. Du guckst in den Spiegel,
und dir kommt der Ekel hoch. Der Ekel davor, daß
die miesen kleinen Spießer wie unser Vater es tatsächlich geschafft haben, daß du dich klein, mies
und absolut nicht wertvoll fühlst.«
Er dachte einen Moment nach und sein Blick verlor sich irgendwo im Dunkel weiter hinten im Zimmer. Dann tauchte er aus seinen Gedanken auf
und lächelte seine Schwester an: »Mit Achim ist
es anders.« Mit einer seltsamen Mischung aus
Sehnsucht und Belustigung in der Stimme fuhr er

fort: »Ich habe mich in eine blonde und 1,85 Meter große Schönheit vom Lande verliebt.«

Tessa verschluckte sich am Wein. Sie hustete so laut, daß der Farn neben ihr es offenbar mit der Angst zu tun bekam. Er zitterte vernehmlich. Als sie sich wieder beruhigt hatte, schaute Sie Robert mit einer Art komischen Verzweiflung an. »Das sieht Dir ähnlich, kleiner Bruder. Mit dem Wichtigsten rückst Du ganz nebenbei und ganz zum Schluß heraus. Wegen Dir kriege ich nochmal einen Herzinfarkt. Also, red schon, um Gottes willen. Wie ist Achim? Seit wann kennt Ihr Euch? Wann wird geheiratet?« Ein freches kleines Grinsen.

Robert sah sie an. Dackelblick. Er murmelte: »Das ist es ja gerade. Ich bin mir ums Verrecken nicht sicher, ob er einfach nur ein netter Hetero ist oder doch schwul und nichts von mir will. Eines so beschissen wie das andere. Ich glaube, ich habe mich wirklich in den Kerl verliebt.«

»Nun mach aber mal halblang.« Tessa holte mit einem diabolischen Grinsen Luft, begann angestrengt vor sich hinzumurmeln und reckte einen Finger nach dem anderen in die Luft.

Robert musterte sie, als wäre sie leicht irre. »Was zum Teufel machst Du da gerade?«

Theresa grinste wie ein Honigkuchenpferd. »Ach, nichts weiter. Ich habe nur mal durchgezählt. Zu der Zeit, als Du noch hetero warst, hat es mindestens fünf Individuen weiblichen Geschlechts gegeben, die unsterblich in Dich verliebt waren. Alle haben es mitbekommen. Nur mein begriffsstutziger kleiner Bruder natürlich nicht.«

Robert eröffnete ein Bombardement mit Sofakissen.

• • •

Die schlimmsten Folgen der Kissenschlacht waren beseitigt. Auf dem Boden saugte gerade ein halbes Paket Salz den Rotwein aus den gebeizten Dielen. Sie lagen beide auf dem Sofa und hielten sich den Bauch vor Lachen.

»Puh, das war gut«, japste Tessa. »Das machen wir in letzter Zeit viel zu selten.« Ein listiges Grinsen verbreitete sich in ihren Augen und arbeitete sich dann Stück für Stück bis zu den Mundwinkeln hinunter. »Also, raus mit der Sprache: Wer ist denn nun Achim?«

»Mein Chef. Achim von Buck. Achim Freiherr von Buck auf Brachwitz.«

»Donnerwetter. Du klingst wie eine Sekretärin in einer Talkshow. Thema: Ich habe mich in meinen Chef verliebt.« Sie dachte nach. Nach einer Weile sagte sie leise: »Es klingt hohl und abgedroschen, aber da gibt es wohl nur einen einzigen Weg: Finde es heraus.« Robert verzog den Mund. »Und wie soll ich das Deiner Meinung nach machen? Mich vor ihn hinstellen? Hallo Achim, ich bin schwul, liebst Du mich auch?!«

»Warum zum Teufel eigentlich nicht? Mensch, Robbie, was ist so schlimm daran. Verpack es ein bißchen nett. Selbst wenn da nichts sein sollte, wird er Dich ja wohl nicht gleich fressen. Oder ist er ein reaktionäres altes Stinktier?«

»Nein, das ist er ganz und gar nicht.« Roberts Augen begannen zu glänzen und verloren sich irgendwo mitten im Nirgendwo. »Das ist er ganz und gar nicht. Achim ist der netteste, großzügigste, liebenswerteste und begehrenswerteste Mann, dem ich je begegnet bin. Er hat mich auf Brachwitz aufgenommen, als ob ich zur Familie gehören würde. Wir haben zusammen gesoffen, zusammen gelacht, sind über die Felder getollt wie die jungen Hunde. Wir haben geackert wie die Blöden, um Brachwitz wieder auf Vordermann zu bringen, und ich habe mich seit Jahren nicht so wohlgefühlt. Er gibt mir ein Gefühl der Geborgenheit, ich kann mit ihm reden, ich kann mit ihm schweigen. Am liebsten würde ich ihn ganz festhalten und nie wieder loslassen.«

Tessa liefen die Tränen über die Wangen. »Robbie, das war die schönste Liebeserklärung, die ich seit Jahren gehört habe. Mensch, Junge, ich wünsche Dir alles Glück der Welt. Und wenn er hetero ist, dann komm Dich bei mir ausheulen. Wenn er schwul ist und nur mit Dir spielt, dann erwürge ich ihn, so wahr ich Theresa Jadow heiße.«

• • •

Am nächsten Tag bummelten sie beide durch die Stadt. Es hatte früh zu frieren begonnen, und der Fernsehturm am Alexanderplatz sah ein bißchen verfroren aus mit all dem Rauhreif auf dem glänzenden Metall. Sie fuhren die paar Stationen bis zum Kurfürstendamm und versuchten halbherzig einen Einkaufsbummel. Aber offenbar waren gerade Schulferien, denn die Geschäfte waren voll von Eltern mit Kindern, die laut plärrend nach der gerade angesagten Jeansmarke oder dem neuesten Spiel für die Playstation verlangten. Theresa und Robert sahen sich mit genervter Belustigung an, und Theresa sprach aus, was sie beide dachten:

»Komm, Brüderchen. Nix wie raus hier. Kiddies sind was wunderbares, aber bei dem schönen Herbstwetter sind sie irgendwie... – überflüssig.« Theresa grinste. Sie kokettierte gerne mit ihrer Haltung gegenüber dem, was Papst und CDU für ein normales, erfülltes, glückliches und vor allem moralisches Leben hielten.

Robert schmunzelte: »Okay. Dann nichts wie zurück zum Alex, rein ins Auto und ab nach Süden. Lassen wir die Rennbahn rechts, den Flughafen links liegen und hauen ab aufs platte Land. Enten füttern.«

»Brüderchen, das machen wir!«

Sie wühlten sich durch den dichten Verkehr, und der Volvo brummte Richtung Mariendorf. Langsam wurde die Bebauung vorstädtischer. Man konnte regelrecht sehen, wie sich die Menschen hier früher immer weiter an die Grenze herangebaut hatten. Hier standen sie schon vereinzelt, die kleinen Einfamilienhäuser mit Garten. Ein Stück bürgerliches Berlin. Und dann, hinter Lichtenrade, schlagartig von Reif überzogenes Grün. Holperige Chausseen, alte Bäume, Schwarzbunte auf der Weide und ab und zu vereinzelte und windschiefe Häuschen.

Schon merkwürdig: Hier war man von der einen Minute auf die andere aus dem Trubel von Deutschlands neuer alter Hauptstadt heraus, und die Landschaft unterschied sich in nichts von den einsamsten Gegenden, wo sich sprichwörtlich Fuchs und anderes Getier Gute Nacht sagten.

Robert ließ seine Gedanken laut werden:
»Schade eigentlich. Durch die Mauer haben sich hier Strukturen erhalten, die jedes sogenannte Naherholungsgebiet um Längen schlagen. Und was machen die Berliner? Ich gehe jede Wette ein: In fünf Jahren steht hier eine Reihenhaussiedlung neben der anderen. Und dann ist nix mehr mit Idylle und Erholung. – Glaubst Du, daß ich froh bin, aus Berlin raus zu sein?!«
Theresa runzelte nachdenklich die Stirn und hielt einen Moment inne. Sie hatte einen sehnsüchtigen Glanz in den Augen, als sie sagte: »Ich kann mir auch gut vorstellen, Berlin eines Tages Lebewohl zu sagen. Im Moment macht es mir zwar noch Spaß, durch die Gemeinde zu toben, aber Du kennst mich ja. Von dem, was ich so sage, ist bestenfalls die Hälfte wahr. Eigentlich will ich ja auch nur den Kitschroman: den weißen Ritter, der mich auf seinem Pferd in sein Schloß entführt. Den Mann fürs Leben eben.«
Robert bedachte sie mit einem schiefen Grinsen. Er seufzte mit komischer Verzweiflung. »Jaaa...«, meinte er gedehnt. »Ich weiß was Du meinst. Bloß komme ich mir dabei immer noch ein bißchen komisch vor. Bis vor kurzem dachte ich immer an die Frau fürs Leben. Bei dieser 180-Grad-Wende wird mir immer noch ein bißchen schwindelig.«

»Ach«, entfuhr es Theresa. »Scheiß doch drauf.«
Sie sah aus, als plane sie gerade die nächste Act-
Up-Demo vor dem Dom von Fulda. »Ist doch völlig
egal, wen Du liebst. Entscheidend ist doch, daß
Du überhaupt jemanden liebst. Und daß er Dich
auch liebt. Und daß es Euch beiden zusammen
besser geht als alleine. Es kommt doch nicht darauf an, wie Du lebst. Was zählt, ist die Achtung vor
dem anderen Menschen. Wichtig ist, wie Du
andere Leute behandelst. Was Dir die selbster-
nannten Moralapostel erzählen, kannst Du doch
wirklich in die Tonne hauen.«
»Wohl wahr, Schwesterchen, aber ich muß mich
wirklich noch an den Gedanken gewöhnen, daß
ich jetzt eine Glamour-Tunte bin«, sagte Robert
mit rollendem R und dem falschen Pathos einer
mittelmäßigen Zarah Leander-Parodie.
Theresa griff sich ans Herz, riß die Augen auf und
meinte mit Klein-Mädchen-Augenaufschlag: »Hoffentlich wird das Abendland das überleben.« Sie
sahen sich an und prusteten los.

• • •

Sie hatten beide vergessen, daß schon Mittag
war. Roberts Magen knurrte vernehmlich, und er
schaute nach rechts und links aus dem Auto.
»Einerseits ja schön, daß sich die Ami-Zivilisation
noch nicht breitgemacht hat. Andererseits: Irgend-
welches Fast Food werden wir hier wohl kaum finden. Und ich habe einen Hunger, das ist einfach
sagenhaft.«
Theresa schürzte die Lippen und kniff die Augen
zusammen. »Ach, ich weiß nicht. Dafür ist der Tag

doch viel zu schön. Wenn wir schon hier draußen sind und nachher spazieren gehen, sollten wir auch gemütlich irgendwas essen, was zum Wetter paßt. Hirschragout mit Knödeln und Preiselbeeren. Vor einem knisternden Kaminfeuer.«

Robert grinste: »Schwesterchen, Schwesterchen. Da geht aber die Phantasie mit Dir durch. Und vergiß bitte nicht: Seit ich Tunte bin, fallen die schwülstigen Übertreibungen eindeutig in meine Zuständigkeit.«

Er schwieg einen Moment und fuhr dann fort: »Klingt lecker. Du verstehst es, einem Appetit zu machen. Die Frage ist nur: Wo finden wir denn jetzt ein nettes Ausflugslokal am Waldrand? Noch dazu mit Ententeich...«

Theresa wies mit dem Kopf zur Seite und sagte: »Guck mal im Handschuhfach nach. Ich habe das Ding zwar noch nicht einmal benutzt, aber da liegt so ein Radwanderführer fürs Berliner Umland. Da steht bestimmt was drin. – Wir sind gerade an Schmahlow vorbeigekommen.«

Robert öffnete das Handschuhfach und kramte darin herum.

»Wo soll denn hier ein Radwanderführer sein?! Ich sehe nur Papiertaschentücher, Puderdose, Lippenstift, Zigaretten, Parkscheibe, Eiskratzer und jede Menge andere Kleinigkeiten. – Es wäre mal eine wissenschaftliche Untersuchung wert, was unübersichtlicher ist: Handtasche oder Handschuhfach einer Frau...«

Theresa schaute zur Seite und schmunzelte: »Gaaanz unten, Robbie. Schaufel die Taschentücher mal auf die Seite, heb die Parkscheibe an, und Du wirst finden, was Du suchst. Ist doch ganz einfach. Was Ihr Männer aber auch immer für ein Theater machen müßt.« Robert pflückte amüsiert das ganze Chaos auseinander. Auf einmal sah er ein Stück von einem blauen Umschlag.

»Aha. Ton in Ton mit der Parkscheibe. Das Biest hat sich versteckt.«

»Immerhin scheinst Du schon den Sinn für Farben zu entwickeln. So langsam glaube ich wirklich, daß Du nicht mehr auf Frauen stehst.« Robert boxte seiner Schwester mit gespielter Entrüstung leicht in die Seite, konnte sich dabei aber ein Grinsen nicht verkneifen.

»Naja. Ich muß halt schonmal üben. Beinahe 28 Jahre als heterosexueller Mann prägen eben. Und ich will auch in Zukunft nicht negativ auffallen.«

Er schloß das Handschuhfach und blätterte in dem kleinen Buch. Mit dem Zeigefinger fuhr er schließlich die Einträge im Inhaltsverzeichnis entlang: »Schmahlow, Schmahlow... – Aha. Hier ist es. Schmahlow. – Warte mal, kannst Du mal langsamer fahren, oder noch besser: Fahr mal rechts ran. Da hinten ist eine Haltebucht.« Theresa lenkte den Wagen an den Rand, stellte den Motor ab und zog die Handbremse an.

Robert murmelte beim Lesen vor sich hin. Nach einer Weile schaute er auf, grinste seine Schwester an und meinte: »Die müssen gewußt haben, daß wir kommen. Hier in der Nähe gibt es ein kleines Landgasthaus. Seit Jahrzehnten in Familienbesitz und offenbar nach der Wende liebevoll restauriert. Spezialität sind Wildgerichte. Und in der Nähe gibt es einen Wald mit Wanderwegen und ein paar kleinen Seen.« Er strahlte. »Das Leben ist manchmal wirklich ein Roman.«

Tessa lächelte ihn an. Ein warmherziges Lächeln. Mit sanfter Stimme sagte sie: »Das ist es wohl, Brüderchen. Und ich hoffe, daß Deine Geschichte zu einem wirklich guten Ende kommt. Ich wünsche Dir alles Glück.«
Robert strich ihr mit dem Handrücken über die Wange und sagte mit belegter Stimme: »Tessa, ich bin so froh, daß ich Dich habe. Es tut gut, mit Dir zu reden und mit Dir zusammen zu sein.« Er schluckte und versuchte, seine Rührung niederzukämpfen.
»Und bevor ich jetzt hier anfange zu heulen wie ein Schloßhund, schlage ich vor, Du wirfst den Wagen an, und wir biegen hinten rechts ab zum Gasthaus.« Er hielt inne. »Danke, Tessa.«

Die Straße, die sie fuhren, verengte sich zu einem asphaltierten Weg. Und auch der Asphalt hörte bald auf, und der Volvo hoppelte mit der Wucht eines schwangeren Kaninchens durch die Schlaglöcher. Es hob sie geradezu von den Sitzen hoch. Robert lachte und meinte: »Schwesterchen, brems Dein Temperament. Ich glaube zwar kaum, daß die Karre das nicht mitmacht, aber wenn ich noch einmal mit dem Kopf gegen die Decke haue, hast Du entweder eine Beule im Dach, oder ich habe eine leichte Gehirnerschütterung.« Theresa meinte fröhlich: »Ach, Robbie, ich weiß doch genau, daß Du einen harten Schädel hast. Da passiert schon nichts. Und morgen fahre ich sowieso in die Werkstatt.« Sie grinste ihn von der Seite an.

»Ich gebe es auf«, meinte Robert und zog vorsichtshalber den Gurt ein wenig straffer.

Sie erreichten den Waldrand. Theresa bremste ab und blieb schließlich unschlüssig stehen. Zweifelnd sah sie ihren Bruder an und fragte: »Hast Du auch genau gelesen? Sieht ja aus, als käme jeden Moment Räuber Hotzenplotz aus dem Gebüsch. – Müssen wir wirklich da rein, oder gibt es noch eine andere Zufahrt?!«

Robert blätterte und überflog den Eintrag zum Schmahlower Waldgasthof. »Nö. So, wie es aussieht, müssen wir wirklich diesen Waldweg nehmen. Hier steht, daß der Gasthof etwa hundert Meter weit im Wald liegt.« Er klappte das Buch wieder zu. »Auf geht's, Schwesterlein. Wenn Räuber Hotzenplotz kommt, hetzen wir einfach die sieben Zwerge auf ihn.«

Theresa startete das Auto wieder und fuhr vorsichtig weiter. Die Bäume schlossen sich über ihnen und tauchten ringsum alles in ein schummriges Dunkelgrün. Ein moderiger und feuchter Waldgeruch verbreitete sich über die Lüftung im ganzen Wagen.

Und dann, ganz plötzlich, nach etwa hundert Metern, öffnete sich der Himmel über ihnen. Vor ihnen lag in einer Lichtung der Schmahlower Waldgasthof.

Voller Überraschung bremste Theresa den Wagen ab.

»Wow. Das sieht ja aus, als ob hier wirklich der Räuber Hotzenplotz wohnt.« Vor ihnen bot sich ein erstaunliches Panorama. Der Schmahlower Waldgasthof war ein mit roten Schindeln gedecktes restauriertes altes Fachwerkhaus. Auf dem kiesbedeckten Vorplatz standen im Sommer vermutlich Tische und Stühle vor dem Haus, die die Wanderer aus der Umgebung einluden, hier Rast zu machen. Aus dem alten Kamin kräuselte sich weißer Rauch nach oben in die Baumwipfel der Lichtung.

»Gut, daß Du gekommen bist, Robbie. Alleine hätte ich mich nie aufgerafft, hier rauszufahren. Und es ist wirklich wunderschön hier.«

Robert war versunken in den Anblick. Er seufzte und lächelte: »Die Idylle vor den Toren von Berlin. Und mir schießen Phantasien durch den Kopf von mir und Achim mittendrin. – Laß uns was essen gehen, bevor ich völlig romantisch werde.« Sie stellten den alten Volvo neben die drei anderen Wagen, die bereits auf dem kleinen Parkplatz standen. Den Fabrikaten der anderen Autos nach zu urteilen, war dies hier ein Geheimtip für ein bürgerliches und zahlungskräftiges Publikum.

Als sie die Gaststube betraten, verstärkte sich der Eindruck. Der Innenraum wirkte sehr gediegen und vor allem echt. Keine künstlichen Blumen, kein postmoderner und neoromantischer Schnickschnack. Und gottseidank auch keine »dezente« Dauerbeschallung aus verborgenen Lautsprechern. Alles in allem das genaue Gegenteil der üblichen Landgasthöfe mit Plastikkitsch, Kochbeutelfraß und Volksmusik.

Robert hatte auf einmal einen Bärenhunger. Er hatte das Gefühl, nach Hause zu kommen. Kindheitserinnerungen tauchten auf. Erinnerungen an eine Zeit, als er noch klein war, und die Welt noch in Ordnung zu sein schien.

Die Wirtin erschien, eine resolute Mittfünfzigerin mit Schürze und Lachfältchen um die Augen. Robert glaubte fast, daß gleich jemand um die Ecke sprang und »Willkommen bei der Versteckten Kamera!« rief. Unglaublich, was sich hier auf dem Land erhalten hatte. Hier war es so ganz anders als in Berlin. Es war schön. Laut sagte er: »Bitte zweimal das Hirschragout.«

• • •

Eine gute Stunde später gingen Sie vom Gasthof aus los zu einem Waldspaziergang. Sie hatten die Wirtin gefragt, ob sie das Auto auf dem Parkplatz stehen lassen konnten. Die Wirtin hatte herzlich genickt und gemeint: »Selbstverständlich können Sie das Auto stehen lassen. Zu dieser Jahreszeit ist es hier ziemlich ruhig. So richtig voll wird es wieder im Winter, wenn die Leute Spaziergänge im Schnee machen.« Und sie hatten sie außerdem noch nach den Seen gefragt. Ganz hier in der Nähe war wohl ein Teich, an dem sie Enten füttern konnten.

Theresa und Robert gingen schweigend den Waldweg entlang. Das undurchdringliche Grün und die kalte, würzige Luft, verbunden mit dem eintönigen Rhythmus der Schritte hatten eine beruhigende Wirkung. Auch die Gedanken gingen spazieren.

70

Nach einer Weile sagte Theresa nachdenklich: »Sieh es doch mal von der anderen Seite, Robbie. Wenn Du auf Männer stehst, hast Du mit Sicherheit auch viele Probleme. – Aber vielleicht bleibt Dir auch einiges erspart.« Robert blieb stehen und sah sie erstaunt und überrascht an.

»Wie meinst Du das?«

»Nun ja.« Theresa zögerte. – »Überleg Dir doch mal, wie das zu Hause bei uns gelaufen ist. Ich meine: Die Ehe unserer Eltern war alles andere als glücklich. Wenn da nicht der soziale Kitt – gemeinsamer Besitz, Ehe und Kinder – gewesen wäre... – Ich glaube kaum, daß die Ehe auch nur zehn Jahre gehalten hätte, wenn das alles nicht gewesen wäre.« Sie gingen schweigend weiter. Nach einer Weile fuhr Theresa fort:

»Was ich meine, ist folgendes: In beiden Fällen hast Du die Freiheit, Dich für einen geliebten Menschen zu entscheiden. Diese Freiheit hast Du in einer Ehe nur einmal. Danach wird Dir die Entscheidung von vielen äußeren Faktoren abgenommen. Du hast dagegen die Freiheit, Dich immer wieder für Deinen Mann zu entscheiden. Und notfalls eben auch gegen eine gemeinsame Zukunft.«

»So habe ich das noch überhaupt nicht gesehen«, meinte Robert verblüfft. »Aber Du hast wahrscheinlich recht.«

Er zögerte. »Was mir ein bißchen Angst macht, ist die vielbeschworene Bindungsunfähigkeit bei Schwulen. Aber vielleicht sind viele Schwule einfach ehrlicher und bleiben nicht in Beziehungen stecken, in denen man bestenfalls nur noch nebeneinander her lebt.«

Er seufzte und blieb stehen. Mit der Schuhspitze kickte er die Steinchen auf dem Weg ins Gebüsch. Dann blickte er auf und sagte eindringlich: »Ich hoffe, daß ich mich in Achim nicht täusche. Ich liebe diesen Kerl und will, verdammt noch mal, zusammen alt mit ihm werden.«

Theresa umarmte ihn stumm und drückte ihn fest an sich.

Als sie den See erreichten, fing es in großen Flokken an zu schneien. Die Wasseroberfläche war fast ganz zugefroren, und mit einem Mal sah sie aus wie mit Puderzucker überstäubt. Ganz nah am Ufer war eine kleine Stelle noch frei, und zwischen den Schilfhalmen schwammen die Enten ganz dicht beieinander und hatten die Köpfe tief ins Gefieder gezogen. Große Eisschollen lagen rundum, waren in der Mittagssonne angetaut und dann wieder ans feste Eis darunter gefroren. Offenbar kümmerte sich der Revierförster darum, daß den Enten auch im strengen Frost genug Raum zum Schwimmen blieb.

Robert holte das alte Brot, das er bei sich hatte, aus der Tasche. Er brockte das Brot und warf es nach und nach ins Wasser. Die Enten fingen an zu quaken und paddelten zum Ufer. Ein Stück Brot nach dem anderen verschwand.

Robert lächelte mitleidig und meinte: »Na, Euch ist wohl auch ganz schön kalt, was? Hoffentlich kommt Ihr gut über den Winter. Es riecht nach Schnee. Wird wahrscheinlich noch saukalt werden.« Als Antwort erschallte vielstimmiges, lautes Gequake. Robert drehte sich zu seiner Schwester um und lachte:

»Scheint, daß sie mich verstanden haben.« Theresa wollte ihm gerade antworten, als Roberts Handy klingelte. Er zog es verärgert aus der Tasche und meinte mißmutig: »Ausgerechnet jetzt muß das Ding klingeln. Es ist gerade so schön und friedlich.« Er nahm ab. »Ja, Hallo. Jadow hier.« Theresa konnte sehen, wie ihr Bruder die Farbe wechselte. Er wurde zuerst blaß, dann schoß ihm die Röte ins Gesicht. Er bemühte sich sichtlich, die Fassung wiederzugewinnen und seine Stimme zu festigen.

So beiläufig wie möglich sagte er: »Hallo Achim. Ja, sicher komme ich. – Wann, sagst Du, ist der Termin? – Ah, ja. Morgen um elf Uhr. – Alles klar. Bis dann.« Mit mürrischem Gesicht legte er auf. »Achim. Morgen kommt der Viehhändler. Und da er keine Ahnung von Rindern hat, muß ich wohl zurück nach Brachwitz. Tut mir leid, Schwesterchen.«

Theresa musterte ihn verständnislos. Sie schüttelte den Kopf und meinte: »Hey, Robbie, was ist los? – Freu Dich doch, daß Du zurückfährst. Auch, wenn Du eine Heidenangst davor hast: Rede einfach mit Achim. Ich glaube kaum, daß Du Dir unberechtigte Hoffnungen gemacht hast. Wenn Du Dich schon so in ihn verliebt hast, dann muß doch etwas in der Luft liegen. – Also: Fahr hin und beichte. Ich denke an Dich und drücke Dir alle Daumen, die ich habe.«

Robert tauchte aus einem Strudel von Gedanken auf. Doch mit einem Mal schaute er Theresa an, und ein Lächeln begann in seinen Augen. Dieses Lächeln breitete sich über sein ganzes Gesicht aus, und schließlich sagte er erleichtert: »Ich glaube, Du hast recht. Ich fahre nach Brachwitz und rede mit Achim.«

• • •

Der nächste Tag war herrlich. Die Morgensonne schien durchs Fenster und weckte Robert auf. Er schlug die Bettdecke zurück und trat ans Fenster. In der Nacht hatte es geschneit. Es mochten zwar nur ein paar Zentimeter sein, aber die Stadt sah aus wie mit Zuckerguß überzogen. Die Luft war ganz klar und frostkalt. Heute würde er mit Achim reden.

Er frühstückte kurz und verließ leise die Wohnung. Er wollte Theresa nicht aufwecken. Am Abend, wenn der Viehhändler wieder weg war, würde er sie anrufen und ihr noch einmal dafür danken, daß sie für ihn da war, und daß sie ihm zugehört hatte. Im Taxi auf dem Weg zum Bahnhof staunte er wieder über Berlin. Er war vor Jahren schon das ein oder andere Mal hier gewesen, aber seit dem Fall der Mauer hatte sich die Stadt sehr verändert. Früher hatte es Stunden der Ruhe gegeben. Und nach zehn Uhr am Abend wurden buchstäblich die Bürgersteige hochgeklappt.

Aber jetzt schien die Stadt keine Ruhe mehr zu kennen. Er war froh, aus dieser unablässigen Betriebsamkeit heraus zu sein. Gefallen hatte ihm diese ständige Hektik, der Trubel und der Krach nie. Es war irgendwie auszuhalten gewesen. Aber er war ein Mensch, der sich auf dem Lande immer wohler gefühlt hatte als in der Stadt. Und der

74

krasse Unterschied zwischen dem Berliner Jahr-
marktsrummel und der friedlichen Stille von
Brachwitz wurde ihm an diesem Morgen mehr
denn je bewußt.

Im Zug schaute er träumerisch aus dem Fenster.
Seine Gedanken und Hoffnungen waren der Realität schon wieder drei Schritte voraus. Er stellte
sich vor, wie er und Achim zusammen das Gut
wieder aufbauen würden. Und natürlich ging es
nicht nur darum. Er wollte leben, lieben und lachen
mit Achim. Es klang so abgedroschen, vom
»Mann fürs Leben« zu schwärmen, aber Robert
hatte das starke Gefühl, daß er durch einen reinen
Zufall – denn nichts anderes war es ja, sich auf
diese Stelle zu bewerben – dem ganz nahe war,
was andere Menschen in ihrem Leben nie erreichten.
Ihm gegenüber saß eine alte Frau. Sie mußte
seine Gedanken erraten haben, denn als ihre
Blicke sich kurz trafen, lächelte sie ihm zu. Offenbar war ihm sein Glück anzusehen. Er wußte
nicht, was ihn so zuversichtlich machte, aber er
war sich sicher. Ganz sicher.

Zur gleichen Zeit saß Achim mit Frau Blume am
Frühstückstisch und studierte die Großmarkt-
preise:
»Roggen ist gestiegen. Hoffen wir, daß das auch
nächstes Jahr noch so ist. Ein guter Gewinn aus
der ersten Ernte würde uns jetzt am Anfang sehr
helfen.« Nervös zündete er sich eine Zigarette an.
Als Robert weggefahren war, begann die Unruhe
sich in ihm auszubreiten. Aber nun, als er wieder-

kam, war es beinahe noch schlimmer. Angespannt erwartete Achim den Moment der Begegnung.

Frau Blume musterte ihn mit mütterlicher Besorgnis. Man konnte ihr förmlich ansehen, daß sie auf einer Frage herumkaute. Sie schien etwas sagen zu wollen, hielt dann aber doch inne. Als Achim aber besonders hektisch an seiner Zigarette herumzupaffen begann, entfuhr es ihr: »Was ist denn los, Herr Buck?! Sie gefallen mir die letzten zwei Tage überhaupt nicht.«

Rasch antwortete Achim: »Nichts, Frau Blume. Nichts besonderes. Ich bin nur froh, wenn wir den Viehhändler hinter uns haben. Schlechtes Vieh oder einen schlechten Preis können wir uns nicht leisten.«

Frau Blume wirkte nicht besonders überzeugt. »Na, wenn Sie meinen«, murmelte sie mißmutig und legte die Stirn in Falten.

Achim dachte bei sich, daß er ihr wohl kaum den wahren Grund seiner Anspannung verraten könnte. Über den Viehhändler machte er sich die wenigsten Gedanken. Robert war ein guter Landwirt, und was die kaufmännische Seite anbelangte, machte ihm selbst auch keiner etwas vor. Nein, seine Nervosität hatte mit etwas ganz anderem zu tun. Er hatte noch nie erlebt, daß ein Mann ihn derart aus dem Gleichgewicht bringen konnte. »Schön, daß Herr Jadow heute wiederkommt«, meinte Frau Blume. Und sie hatte einen sonderbar heiteren und zufriedenen Ausdruck dabei in der Stimme.

●●●

Der Zug aus Berlin fuhr in Brachwitz ein. Die Diesellok bremste und blieb mit einem tief grollenden Brummen auf dem Bahnsteig stehen. Die Strecke war noch nicht elektrifiziert worden, und Robert freute sich, daß es auf dieser Bahnlinie noch nicht so glatt und nüchtern zuging wie auf den Hauptverkehrsstrecken. Er konnte sich sogar noch an Dampfloks erinnern. Als er ein ganz kleiner Junge war, fuhren noch viele Güterzüge und auch noch einige Personenzüge mit diesen stolzen Kolossen aus Eisen, Wasser und Kohle. Anfang der 70er Jahre wurden dann leider die letzten Exemplare ausgemustert. Robert ertappte sich bei diesen Betrachtungen und mußte grinsen: Es steckte wohl doch in beinahe jedem Mann ein kleiner Junge, der immer noch davon träumte, eines Tages Lokomotivführer zu werden.

Er stieg aus, schulterte gut gelaunt seine Sporttasche und ging pfeifend den Bahnsteig entlang. Fröhlich nickte er den Leuten aus dem Dorf zu, als er mit langen Schritten den Weg zum Gut nahm. Als er in den Hof kam, sah er, wie Achim gerade unter der Motorhaube des Pickups verschwand und rief laut: »Guten Morgen!« Achims Kopf kam hinter der Motorhaube hervor. Als er Robert erkannte, trat ein Glanz in seine Augen, bei dem Roberts Herz einen mächtigen Satz machte.

Achim rief: »Hallo, da bist Du ja wieder, Du Ausreißer. Wo hast Du denn gesteckt?«

»Ach, ich mußte bei meiner Schwester einfach mal wieder Familie tanken«, lachte Robert.

Achim frotzelte: »Komm schon, gib's zu. Du hast Berlin unsicher gemacht und Dich mit irgendwelchen Frauen rumgetrieben.«

Robert ging darauf ein und entgegnete mit gespielter Bestürzung: »Mein Herr, was denken Sie von mir?! Schließlich bin ich die Unschuld vom Lande.« Kleinmädchenhafter Augenaufschlag und wildes Geklimper. Sie brachen beide in prustendes Gelächter aus.

Als sie sich wieder beruhigt hatten, schaute Achim auf die Uhr: »Viertel vor elf schon, hm. Na, dann mache ich den Winter-Check am Auto eben später. Wenn Du magst, geh in die Küche. Blümchen hat noch Kaffee da, und der Tisch ist noch gedeckt.«

»Au ja, prima. Ich habe eben nur schnell ein paar Cornflakes gegessen. Ich wollte nicht gleich sämtliche Küchenmaschinen anwerfen. Okay, dann bis gleich.«

Achim schaute ihm nach, als er im Haus verschwand. Dieser knackige Hintern in der engen Jeans und der ganze Kerl, der dranhing, waren wirklich einen Heiratsantrag wert. Irrte er sich, oder hatte sich Roberts Verhalten geändert? Da war derselbe freundschaftliche Umgangston der ganzen vergangenen Wochen, aber es schien ihm, als wäre da ganz plötzlich mehr. Fast hatte Achim Angst zu hoffen.

Die Verhandlungen mit dem Viehhändler waren ein voller Erfolg. Er belieferte fast sämtliche Höfe im Umkreis von 50 Kilometern. Das Vieh stammte aus angesehenen Zuchtbetrieben, und der Preis war akzeptabel. Brachwitz konnte im nächsten Frühjahr über hundert Milchkühe erwarten. Die Lieferung war vorgemerkt und würde stattfinden, sobald die Ställe wieder ganz in Ordnung waren und die Melkmaschine eintraf.

Danach standen sie im Wohnzimmer, und Achim machte einen zufriedenen und übermütigen Eindruck. Laut rief er in die Küche: »Blümchen. Sofort herkommen. Und Sekt mitbringen!« Er strahlte Robert an: »Der Tag muß gefeiert werden.« Frau Blume erschien mit gerötetem Kopf im Türrahmen und balancierte ein Tablett, auf dem eine geöffnete Sektflasche und drei Gläser standen. Sie goß ein und prostete den beiden zu: »Auf den erfolgreichen Abschluß und auf eine gute Zukunft.«

»Ja. Auf eine gute Zukunft. Auf Sie, Frau Blume, und auf Robert und mich.« Achim lächelte Robert warmherzig an: »Auf eine glückliche Zukunft für uns alle.«

Roberts Gesicht wurde rot bis unter den dunklen Haaransatz. Alles, was er stammelnd herausbrachte, war: »Danke. – Ich freue mich, daß ich wieder hier bin.«

• • •

An diesem Abend ging Achim mit einer Flasche Sekt unter dem Arm zum Inspektorenhaus. Er wollte mit Robert noch ein Glas trinken und dabei einmal vorsichtig die Fühler ausstrecken. Roberts

Reaktion auf den Trinkspruch am Mittag hatte ihm Hoffnung gemacht. Ganz egal konnte er diesem Mann nicht sein, denn es konnte sonst wohl doch keinen Grund für eine derartige Gefühlsaufwallung bei Robert geben. Wenigstens hoffte er inständig, ihm nicht ganz gleichgültig zu sein. Aber eigentlich war er sich fast sicher. Seit Robert aus Berlin zurückgekommen war, erschien er ihm zugänglicher.

Es war, als ob durch diese Reise eine Veränderung mit ihm vorgegangen war. Nun ja, er würde es herausfinden. Achim lächelte leise vor sich hin, denn er würde das Inspektorenhaus nicht eher verlassen, bis die Verlobung stattgefunden hatte.

Weil er ihn überraschen wollte, öffnete er ohne zu klopfen die Tür zum Inspektorenhaus. Achim hörte, wie Robert in der Küche telefonierte. Er bekam gerade noch den Schluß des Gesprächs mit:

»Ja, es waren zwei sehr schöne Tage. Ich habe mich lange nicht mehr so wohlgefühlt.« Eine Pause und dann: »Wir sehen uns bald wieder. Ich liebe Dich, meine Schöne. Träum süß.«

Wie vom Donner gerührt stand Achim in der Diele. Er wagte kaum zu atmen, denn er wollte sich nicht verraten. Hier stand er wie ein Idiot mit einer Flasche Sekt, und Robert säuselte Liebesschwüre ins Telefon. Aus der Traum. Natürlich war der Mann hetero und wollte nichts, aber auch rein gar nichts von ihm wissen. In seinem Kopf hallten die Worte nach: »Wir sehen uns bald wieder. Ich liebe Dich, meine Schöne. Träum süß.« Achim begann zu zittern. Wie in Trance drehte er sich um und verließ das Inspektorenhaus genauso leise, wie er es betreten hatte.

Die Flasche Sekt legte er wieder in den Kühlschrank. Stattdessen nahm er eine Flasche Bourbon aus dem Schrank und setzte sich damit vor den Kamin. Er goß sich ein volles Glas ein und stürzte es hinunter. Urplötzlich schossen ihm die Tränen in die Augen. Ja, Achim von Buck, Du hast es verdient. Bloß weil ein Mann nett zu Dir ist, bedeutet das noch lange nicht, daß er etwas von Dir will. Wie alt bist Du eigentlich? Fünfzehn? Jedenfalls hast Du Dich die ganze Zeit so benommen. Und nun kriegst Du die Quittung.

Achim saß regungslos da und heulte Rotz und Wasser. Verdammt nochmal. Wann würde es aufhören, so weh zu tun? Wahrscheinlich nie. Er stürzte den restlichen Whisky hinunter, wankte die Treppe hinauf und fiel wie ein Toter ins Bett.

Als er spät am nächsten Morgen aufwachte, hatte er fürchterliche Kopfschmerzen. Die Verbitterung stieg in ihm hoch. Wirklich sehr intelligent. Mit Alkohol konnte man alle Probleme lösen. Aber klar doch. Robert würde gleich vor ihm auf die Knie fallen und ihm einen Heiratsantrag machen. Sein Magen krampfte sich schmerzhaft zusammen.
Als er vor dem Spiegel stand, um sich zu rasieren, unterdrückte er ein Würgen. Mit unsicherer Hand führte er die Klinge und fluchte laut, als er sich schnitt. Er blutete wie ein angestochenes

Schwein. Sein Magen rührte sich, und ihm wurde speiübel.

Als er das letzte bißchen Magensäure von sich gegeben hatte, schaute er in den Spiegel und hatte das Gefühl, dort einen völlig fremden Menschen zu entdecken. Bleich, verquollen und mit blutunterlaufenen Augen starrte er sich an. Aber es waren weniger diese Äußerlichkeiten, die ihm fremd erschienen. Ihm war, als ob etwas in ihm zerbrochen wäre, und als ob er seit gestern in einer völlig fremden und unbekannten Welt lebte. Er faßte einen Entschluß und warf sich kaltes Wasser ins Gesicht: Robert Jadow existierte nicht mehr. Seit heute hatte er nur noch einen Verwalter.

• • •

»Guten Morgen, Herr Buck.« Frau Blume kam ihm fröhlich aus der Küche entgegen. Sie stutzte und schaute ihn erschrocken an: »Herr Buck, ist Ihnen nicht wohl? Sie sehen ja furchtbar aus.«
Achim gelang ein schiefes Grinsen, und er meinte: »Ach, das ist nichts weiter. Ich bin gestern abend mit einer Flasche Whisky zusammengestoßen. Machen Sie sich keine Sorgen.«
Frau Blume wirkte nicht sehr überzeugt: »Na, wenn Sie meinen, Herr Buck.« Sie zögerte. »Wenn ich Ihnen irgendwie helfen kann, dann sagen Sie einfach Bescheid.«
Achim lächelte traurig: »Das ist nett, Blümchen, aber mir ist nicht zu helfen.« Frau Blume wirkte

leicht entsetzt und wich Achims Blick dann unsicher aus.

Sie sammelte sich und sagte: »Frühstücken Sie erstmal richtig. Danach wird es Ihnen besser gehen.«

Achim war sich sicher, daß es ihm so schnell nicht wieder besser gehen würde. Aber, zum Teufel, wer würde schon verstehen, warum er sich gestern in dieses Kamikaze-Besäufnis gestürzt hatte. Aber das war nun vorbei. Er würde sich in die Arbeit flüchten. Und die Zeit heilte bekanntlich alle Wunden. Hoffentlich stimmte dieser blödsinnige alte Spruch.

Da der Viehhändler nun durch war, gab es für den Moment nicht viel zu tun, also auch nicht viel zu besprechen. Es gab keinen Grund, Robert zu begegnen, und Achim verspürte auch nicht die geringste Lust, ihm an diesem Morgen über den Weg zu laufen. Er aß rasch ein wenig und trank drei Tassen schwarzen Kaffee, um wieder einigermaßen klar im Kopf zu werden. Dann holte er rasch aus seinem Zimmer die Reitsachen und machte sich daran, Schabowski zu satteln. Er wollte keinen Menschen sehen und hatte vor, einen langen Ausritt zu unternehmen.

Er ritt durch die schneebedeckten Wiesen. Der kalte und klamme Wind schlug ihm ins Gesicht. Er steigerte das Tempo und fiel in leichten Galopp. Die Erde unter ihm bewegte sich schneller. Er trieb das Pferd an, bis er in gestrecktem Galopp über die Felder jagte. Am liebsten wollte er alles

hinter sich lassen und aus Brachwitz wieder fort-
gehen. Nach Berlin zurück, die ganze Geschichte
vergessen und sein altes Leben wieder aufneh-
men. Was sollte er hier, welcher Teufel hatte ihm
eingeflüstert, Brachwitz sei das Paradies auf
Erden?! Brachwitz war Dreck. Eine lahme, blöde
Einöde ohne den geringsten Reiz.

Aber das war es ja gar nicht. Das Gut war dasselbe wie noch einen Tag zuvor. Er zügelte sein
Pferd, bis es im Schritt einen Feldweg entlang trottete. Achim verfluchte den Tag, als er hierher
gegangen war. Verdammt nochmal, es hatte sich
alles so gut angelassen. Er war mit Feuereifer an
die Sache herangegangen, und als er Robert
gefunden hatte, schien es, als ob einer perfekten
Zukunft nichts mehr im Wege stand. Und nun:
alles vorbei.

Resigniert schüttelte er den Kopf. Wie auch
immer: Er würde lernen müssen, damit zu leben.
Robert wollte nichts von ihm. Er hatte einen Verwalter, und sonst hatte er garnichts. Als er den
Blick in die Ferne richtete, erkannte er, daß Schabowski auf den See zugetrottet war, der der
äußerste Zipfel des Brachwitzer Landes war.
Achim nahm sich vor, in der alten Fischerhütte ein
Feuer zu machen.
Er stieg vom Pferd, band Schabowski an und zog
den Schlüsselbund aus der Tasche. Der große
Schlüssel drehte sich knirschend in dem verroste-
ten alten Schloß. Neben dem eisernen Ofen lag
noch Holz, und in wenigen Minuten hatte Achim

ein Feuer entfacht, das die Hütte ein wenig wärmte.

Er stellte sich an das Fenster und schaute durch die halbblinden Scheiben auf den See, der ruhig und schneebedeckt vor ihm lag. Nichts bewegte sich. Kein Leben war zu sehen. Die Erde schien stillzustehen. Achim zog den kleinen silbernen Flachmann aus der Tasche, der eigentlich für Notfälle gedacht war. Er schraubte den Verschluß ab und goß den Inhalt in einem Zug herunter. Er fühlte, wie der Whisky seine Kehle herunterrann und schüttelte sich. Verdammte Sauferei. Das änderte doch nichts.

Niedergeschlagen drehte er sich um und starrte mit leerem Blick auf den verfallenen Innenraum der Fischerhütte. Plötzlich erschien ihm alles sinnlos. Wofür sollte er das alles hier wieder aufbauen? Wenn er ein braver heterosexueller Familienvater wäre, dann könnte er fleißig Erben produzieren und ihnen zwanzig Jahre lang erzählen, daß er das alles nur für sie wieder aufgebaut hatte. Aber so: Was sollte das alles? Der einzige Mann, bei dem er sich je hatte vorstellen können, zusammen mit ihm alt zu werden, wollte ganz offenbar nichts von ihm wissen. Roggen, Kartoffeln und Rindviecher. Na, klasse. Das alles hatte, so wie die Dinge jetzt lagen, doch nur noch den Zweck, die Agrarüberschüsse der Europäischen Gemeinschaft nun auch noch durch die Wegwerfware aus Brachwitz zu vergrößern.

Er setzte sich an den Tisch in der Mitte des Raumes und stützte den Kopf in beide Hände. Er grübelte vor sich hin und vermochte nicht zu sagen, wie lange er so gesessen hatte. Aber es mußte sehr lange gewesen sein, denn draußen begann es langsam zu dämmern. Er verschloß die Hütte wieder, band das Pferd los und ritt wieder zurück.

• • •

Robert öffnete gegen elf Uhr am Vormittag die Türe zum Gutshaus. Er betrat die geräumige Diele und rief: »Hallihallo, jemand da?« Keine Antwort. Er schaute ins Eßzimmer, fand es aber leer vor. Dort waren nur noch Spuren eines hastigen Frühstücks zu sehen. Er drehte sich um und ging Richtung Küche. Als er eintrat, rief er fröhlich: »Guten Morgen, Frau Blume!« Daraufhin schepperte es gewaltig. Frau Blume war ganz offensichtlich so in Gedanken gewesen, daß sie sein Eintreten nicht bemerkt hatte. Und nun hatte sie vor lauter Schreck den Teller fallen lassen, den sie gerade in der Hand hatte.

Robert war verlegen und wiederholte vorsichtig: »Guten Morgen, Frau Blume. Habe ich sie so erschreckt? Das tut mir leid.« Frau Blume atmete heftig. Nachdem sie sich ein wenig beruhigt hatte, meinte sie bedrückt: »Ach, Sie konnten ja nicht wissen, daß ich hier stehe und vor mich hin grübele.«
Robert hob die Augenbrauen und fragte erstaunt: »Was ist denn los? Ist irgendwas passiert?«

Frau Blume wußte augenscheinlich nicht, wie sie ihre Gedanken in Worte fassen sollte, denn ihre Antwort kam zögernd: »Passiert ist eigentlich nichts. Aber Herr Buck macht mir große Sorgen. So habe ich ihn noch nie erlebt.« Robert fühlte, wie die Unruhe in ihm stieg. Was war geschehen? Gestern war doch noch alles in Ordnung gewesen. Er wollte gerade anfangen zu sprechen, als Frau Blume fortfuhr:

»Er sah schrecklich aus heute morgen. Zum Fürchten. Angeblich hat er gestern abend nur zuviel Whisky getrunken. Aber das alleine kann es nicht gewesen sein.«

Robert war erleichtert und konnte ein amüsiertes Schmunzeln nicht unterdrücken: »Ach, Frau Blume, wenn es das ist, dann machen Sie sich mal keine Sorgen. Männer saufen manchmal. Das ist weder vernünftig, noch ist es gesund, aber Heerscharen von Frauen können es seit Jahrhunderten nicht verhindern.« Frau Blume wirkte wenig überzeugt und meinte nur: »Ich hoffe, daß Sie recht haben.«

»Aber sicher habe ich recht«, meinte Robert gutgelaunt. »Wo steckt er denn jetzt?«

»Er hat ein Pferd gesattelt und ist ausgeritten.«

Robert kicherte: »Aha. Ein einsamer Ausritt, um Buße zu tun. Den Alkohol verdunsten lassen und sich schwören, das Zeug nie wieder anzurühren. Jaja, Frau Blume, wie ich schon sagte: So ist das.«

Frau Blume sah in zweifelnd und wortlos an.

Den Tag über war Robert damit beschäftigt, in die Kreisstadt zu fahren und dort vielerlei Gerätschaften und tausend Kleinigkeiten zu besorgen. Es war absolut erstaunlich, wieviel man brauchte, um den Laden wieder in Schwung zu bringen. Alleine die Elektrozäune, die im Frühjahr gespannt werden sollten, bestanden aus allerhand Einzelteilen. Heute mußte er Maschendraht und Holz besorgen. Sie wollten sich ein paar Hühner für den Hausgebrauch zulegen, und diese Hühner wollten schließlich auch ein Zuhause haben. Keine Sache im großen Stil. Robert schüttelte sich bei dem Gedanken an diese furchtbaren Legebatterien, in denen halb durchgedrehte Hühner-Zombies die Packung Eier zu Einszwanzig legten. Sie hatten an etwa 30 Hühner gedacht, um den Haushalt zu versorgen und die überschüssigen Eier im Dorf zu verkaufen.

Robert stand im Baumarkt vor dem Holz und rechnete im Kopf zusammen, was er für den Stall alles brauchte: Ein paar einfache Bretter und Kanthölzer für das Hühnerhaus, Rundstangen für die Leiter und imprägnierte Pfähle, um den Maschendraht daran festzumachen. Er versuchte, alles auf den Einkaufswagen zu laden, mußte aber schließlich dreimal gehen, um die große Menge Material auf der Ladefläche des Pickup zu verstauen.

Als er zu Hause im Hof das Material ablud und in die Scheune trug, dämmerte es schon. Er hörte Hufklappern, und Achim kam in leichtem Trab um die Ecke. Robert winkte und rief fröhlich: »Hallo Achim! Wie geht es Deinem Kater? Kopf wieder klar?« Und noch bevor Achim antworten konnte, fühlte Robert die merkwürdige Stimmung. Sie war einfach da. Die Luft vibrierte.

Achim antwortete: »Ja, danke, es geht schon wieder. Die frische Luft und die Bewegung haben gutgetan.« Robert fröstelte mit einem Mal. Was war hier los? Für einen Außenstehenden mochte Achim wie immer klingen, aber Robert kannte ihn zu gut, um ihm die vorgebliche Unbeschwertheit abzunehmen. Aus einem tiefen inneren Instinkt heraus sah er Achim warmherzig an und fragte mit leiser und eindringlicher Stimme: »Hey, Junge, was ist denn los? Was bedrückt Dich denn? Sag es mir einfach.« Aber die glatte – allzu glatte – Miene, die Achim an den Tag legte, verhieß nichts Gutes. Verdammt, was ging hier vor? Achim war kein Steuerberater mehr, und er war kein Klient, der gerade über den Löffel balbiert werden sollte. – Scheiße. Ein ganz klein wenig Vertrauen hatte er nach all dem, was sie zusammen erlebt hatten, doch wohl verdient.

Robert versuchte, sich seine Verärgerung nicht anmerken zu lassen und probierte es noch einmal: »Komm, Achim, mach mir nichts vor. Ich kenne Dich. Du hast doch irgendwas. Also, komm schon, raus mit der Sprache.«
Achim lächelte. Er lächelte wieder dieses verdammt glatte Lächeln und meinte nur: »Ich weiß nicht, was Du meinst. Ich bringe jetzt besser das Pferd in den Stall. Es wird kühl.«
Robert fühlte sich im Innersten getroffen. Aber er sah ein, daß er für den Moment nichts tun konnte. Also kratzte er das letzte Bißchen zusammen, das

da noch war und versuchte ebenfalls ein Lächeln. Aber es fiel schwer, ihm dieses Lächeln zu glauben.

•••

Achim brachte Schabowski in seine Box und striegelte ihn. Zur Belohnung gab er ihm einen Apfel und klopfte ihm leicht auf die Seite. Gedankenverloren stand er da. Warum hatte er sich so geirrt? Er war sich beinahe sicher gewesen, daß Robert ein wenig mehr als Sympathie für ihn empfand. Ach, verdammt. Was hieß »beinahe sicher gewesen«?! – Er war sich sicher gewesen. Nach Roberts Rückkehr aus Berlin hatte er es doch buchstäblich mit jeder Faser seines Körpers gefühlt. Wie konnte man sich nur so in einem Menschen täuschen. Wie sollte er in der Zukunft einem Menschen noch einmal Vertrauen entgegen bringen?

Der einfachste Ausweg war der Zynismus. Den hatte er in den Kneipen Berlins zur Genüge kennengelernt. Verletze andere, um nicht selber verletzt zu werden. Und alles, was dabei herauskam, war ein Haufen menschlicher Wracks mit einer glatten und geleckten Fassade. Nein, danke. Das war es nicht, was er wollte. Das ganz bestimmt nicht.
Gerade als Schwuler lernte man die Gratwanderung zwischen Offenheit und Vorsicht sehr schnell. Man mußte sie schnell lernen, um nicht vor die Hunde zu gehen. Aber einen solchen Tief-

schlag hatte er bislang noch nie einstecken müssen.

Schabowski wieherte leise, und Achim sah auf. Mit einem traurigen und schiefen Grinsen meinte er: »Na, alter Gaul, ist ein Hundeleben, was?« Er strich dem Pferd über die Mähne. Es war tröstlich, sich mit wenigstens einem lebenden Wesen im Einklang zu befinden. Wahrscheinlich waren Pferde sowieso die besseren Menschen, aber sehr viel weiter brachte ihn diese Erkenntnis jetzt auch nicht.

Mit einem Mal hatte er das Gefühl, als beobachte ihn jemand. Aber als er sich zur Stalltür umdrehte, war dort niemand mehr. Dennoch fühlte er es, daß Robert dort gestanden und zu ihm hingesehen haben mußte.

Traurig hatte Robert die letzten Bretter abgeladen und in der Scheune verstaut. Hunderte von Gedanken jagten blitzartig durch seinen Kopf. Nicht einen davon bekam er zu fassen. Er war verwirrt wie noch nie in seinem Leben.

Er zermarterte sich das Hirn und fragte sich unablässig, was er falsch gemacht haben könnte, was Achim zu einer solchen Reaktion trieb. Er wußte es nicht. Die einzig logische Erklärung, die er fand, war die, daß Achim stockhetero war und eine panische Angst vor Schwulen hatte. Irgendwie mußte er sich »verraten« haben, und Achim mauerte fix und gründlich, um nicht vom bösen schwulen Onkel überfallen zu werden. Vor Wut und Enttäuschung kamen ihm die Tränen. Das hast Du wirklich fein hingekriegt, Robert Jadow! Wirfst in

Berlin alles hin und hängst jetzt hier auf dem Hof fest, zusammen mit einem Mann, den Du über alles liebst, und für den Du die Kröte bist, die gerade unter irgendeinem Stein hervorgekrochen ist. – Mein Gott, das war so schlecht, daß man es hätte erfinden müssen, wenn es nicht die Wahrheit gewesen wäre.

Auf dem Weg durch den Hof kam er an der offenen Stalltür vorbei und blieb stehen. Einen Moment lang sah er hinein. Achim redete leise mit Schabowski. Offenbar zog er jetzt die Gesellschaft von Pferden der seinen vor. Unendlich traurig und mit hängenden Schultern trottete Robert den Weg zum Inspektorenhaus entlang.

In der Nacht träumte er wirr. Er hielt Robert im Arm und küßte ihn. Aber als er die Augen wieder aufschlug, erblickte er seinen Vater, der in seinen Armen zum Skelett verweste. Von seinen eigenen Schreien in der Nacht wachte er auf.

• • •

Am nächsten Tag gingen sie sich gegenseitig aus dem Weg. Bei den Mahlzeiten war ein Zusammentreffen unausweichlich, und dementsprechend einsilbig und unerquicklich verliefen sie. Artig und wohlerzogen baten sie sich um Salz oder Brot, und die Dinge wurden mit »Bitte« und »Danke« hin- und hergereicht.

Frau Blume schien über dieses Verhalten dermaßen entsetzt, daß sie kein Wort sagte. Sie war sonst die Offenheit in Person und hatte ihnen mit ihrer burschikosen und mütterlichen Art schon das ein oder andere Mal gehörig den Kopf gewaschen, aber was hier vor sich ging, begriff sie nicht.

Achim war gleich nach dem Mittagessen aufgestanden und in sein Büro gegangen. Den ganzen Nachmittag saß er vor dem eingeschalteten Computer und war nicht in der Lage zu arbeiten. Er rauchte eine Zigarette nach der anderen und starrte aus dem Fenster. In seinem Kopf war eine dumpfe und dröhnende Leere. Mit einem Mal lähmte die Stille. – Herrgottnochmal! Wie ihm das hier alles auf die Nerven ging! Dieser ganze kleinkarierte Bockmist, die ganze Betulichkeit! Alles, was dieses Kaff zustande brachte, war mittags das Schlagen der Kirchturmuhr. Und das ging dann in die Dorfchronik ein als das Ereignis des Tages. Zum Kotzen. Was, um alles in der Welt, hatte ihn hierher getrieben?! Verdammt, wäre er doch in Berlin geblieben. Ein netter Bürojob, einmal in der Woche die Designermöbel abstauben und sich am Abend munter durch die Gemeinde ficken.

Er stieß einen wütenden, unartikulierten Laut aus, sprang auf, schnappte die Jacke vom Haken und stürmte aus der Tür. Er lief stundenlang durch die Felder, stampfte seine Wut regelrecht in den Boden hinein. Spätabends kehrte er zurück und ging ohne etwas zu essen ins Bett.

Robert litt stiller. Nach außen hin wahrte er mit Müh und Not die Fassade. Tief in ihm drin war aber eine Traurigkeit, die jenseits von kindischem Schmollen und sogar von Tränen war. Der Boden entglitt ihm unter seinen Füßen. Er hatte das Gefühl, ohne Halt und ohne Trost ins Bodenlose zu fallen.

• • •

Am nächsten Tag machte Anna Blume wie gewöhnlich um zehn Uhr morgens ihre Kaffeepause. Heute wurde ihr Kaffee kalt. In Gedanken versunken saß sie da. Ihr war die Veränderung im Verhalten der beiden Männer nicht entgangen, wie sollte das wohl auch möglich sein. Es war einfach zu offensichtlich. Achim spielte Theater, und Robert litt wie ein Hund. Was war nur zwischen den beiden vorgefallen?

Die schlechte und gereizte Stimmung im Haus bekümmerte sie nicht. Diese Stimmung war weder angenehm noch wünschenswert, aber darum ging es ihr nicht. Anna Blume war kinderlos. Hier auf Brachwitz die Stelle der Haushälterin antreten zu können, hatte sie sehr froh gemacht. Achim von Buck war beinahe wie ein Sohn für sie. Und als Robert Jadow den Posten des Inspektors übernahm, schien es nahezu perfekt zu sein. Sie hatte gehofft, hier mit den beiden die Familie zu finden, die sie leider nie gehabt hatte.

Was die Leute im Dorf sagten, war ihr egal. Natürlich hatte sie kaum drei Tage gebraucht, um zu verstehen, daß Achim von Buck eher etwas an Männern als an Frauen lag. Und im Dorf hatte man ja dann auch sehr bald zu munkeln angefangen. Der junge Buck würde nur gutaussehende

Männer einstellen, bei den Frauen wäre es ihm dagegen ziemlich egal. Das und allerlei ähnliche Dummheiten machten die Runde. Anna Blume mochte die Menschen nicht, die so redeten, aber was sie redeten, das war ihr herzlich egal. Sie war zwar hier auf dem Lande aufgewachsen und aus Brachwitz nie herausgekommen, aber ein Leben auf dem Lande ging ja nicht zwangsläufig mit völliger Verblödung einher.

Tja, und als dann Robert Jadow kam, hatte sie sich wirklich und ehrlich gefreut. Vom ersten Augenblick an war ihr klar, daß zwischen Achim und Robert mehr war. Wahrscheinlich hatte sie es gemerkt, bevor es den beiden selbst so richtig bewußt wurde. Ganz im Stillen hatte sie die beiden beobachtet, sich die Zukunft ausgemalt und sozusagen schon die Hochzeitsglocken läuten gehört. – Und nun das. Sie seufzte und schüttelte traurig mit dem Kopf. Das konnte doch gar nicht sein. So, wie die beiden wochenlang zueinander standen, war ihr die plötzliche Eiseskälte auf der einen und die Verzweiflung auf der anderen Seite völlig unerklärlich.

Mit hängendem Kopf betrat Achim die Küche. Mürrisch stand er eine Weile dort und starrte auf den Boden. Dann schaute er auf, stutzte, und meinte: »Frau Blume. Ich habe sie überhaupt nicht gesehen.«
»Naja. Auf dem Boden hätten Sie mich auch kaum gefunden.« Mit vorgeblicher Harmlosigkeit fuhr sie fort: »Setzen Sie sich doch eine Weile zu mir. Lei-

sten Sie mir Gesellschaft, und trinken Sie auch eine Tasse Kaffee. Das muntert auf.«

Wortlos ging Achim zum Herd und nahm sich eine Tasse voll aus der großen emaillierten Kanne. Dann stelle er die Tasse auf den großen Holztisch und setzte sich halb schräg auf einen Stuhl. Fluchtposition. Offenbar ahnt er, daß ich nicht nur übers Wetter reden will, dachte Anna Blume bei sich.

»Na, mein Junge, was ist denn los?« Achim zuckte zusammen. Frau Blume hatte wohl etwas gemerkt und ging gleich in die Vollen.

Er versuchte sein jungenhaft-unschuldiges Grinsen und meinte leichthin: »Was soll los sein?« Das Grinsen fiel jämmerlich aus. Und wer in dem Tonfall log, konnte gleich einpacken. Er holte tief Luft und gab schließlich zu: »Ja, stimmt. Ich fühle mich die letzten Tage nicht besonders wohl.«

Anna Blume ließ nicht locker: »Wo drückt denn der Schuh?« Mütterlich-naive Miene, Marke »besorgt, aber leicht blöd und daher harmlos«.

Innerlich atmete Achim auf. Sie wußte wohl doch nichts und hatte nur eben sein betrübtes Gesicht gesehen. So harmlos wie möglich sagte er: »Ach, ich mache mir nur Sorgen um die Finanzierung. Außerdem vertrage ich das Wetter hier wohl doch noch nicht so ganz. Es ist absolut erstaunlich, denn es ist ja nun wirklich nicht weit weg von Berlin. Aber seit vorgestern habe ich Kopfschmerzen.«

»Aha.« Mehr als dieses eine Wort fand Anna Blume absolut überflüssig. Wer so schlecht log, verdiente es, noch ein bißchen zu schmoren. Sie ließ sich zunächst einmal auf den Wetter-Smalltalk ein und meinte treuherzig: »Das geht mir genauso. Wenn ich woanders bin, spielt mein Kreislauf auch immer verrückt.« Dann setzte sie listig hinzu: »Aber nach ein paar Tagen oder Wochen ist dann wieder alles in Ordnung. Komisch. Das müßte doch bei Ihnen genauso sein.«

Achim wand sich und suchte nach einer möglichst unverfänglichen Antwort. Einen Themenwechsel wollte er unter allen Umständen vermeiden. Gerade wollte er irgendetwas Harmloses entgegnen, da kam die volle Breitseite:

»Achim, Junge, meinst Du, ich sehe nicht, was hier los ist?! Wenn ich noch nicht völlig verkalkt bin, dann ist das, was Du hast, Liebeskummer.« Warmherzig fuhr sie fort: »Was ist denn passiert? Erzähl es mir doch einfach. Vielleicht finden wir gemeinsam eine Lösung.«

Achim wurde abwechselnd blaß und rot. Am liebsten wäre er auf der Stelle im Boden versunken. Er fixierte seine Kaffeetasse, unfähig, etwas zu sagen oder auch nur aufzusehen. Sein Herz klopfte bis zum Hals. Als er sich ein wenig beruhigt hatte, begann er stockend:

»Frau Blume...«

»Sag einfach Anna zu mir.« Sie lächelte, hob leicht die Augenbrauen und nickte ihm ermutigend zu.

»Okay, danke, das ist lieb.« Nun lächelte auch er. Aber schnell wurde sein Gesicht wieder ernst, er überlegte kurz und sagte dann: »Wegen welcher Frau sollte ich denn Liebeskummer haben? Ich habe hier die letzten Monate keine Frau auf dem Hof gesehen.« Mit leisem Spott entgegnete Anna Blume:»Danke für das Kompliment.«

Achim errötete und meinte entschuldigend:»So habe ich das nicht gemeint. Entschuldige bitte.« Frau Blume schmunzelte:»So habe ich es auch nicht aufgefaßt. Keine Sorge. Und von Frauen spreche ich auch gar nicht. Ich spreche noch nicht mal von Männern. Ich spreche nur von einem ganz bestimmten Mann.« Das kam so beiläufig daher, daß Achim sich fragte, ob er sich verhört hätte. Erstaunt hob er den Kopf und starrte Frau Blume mit großen Augen an, unfähig etwas zu sagen.

Mit einem sanften Lächeln sagte Frau Blume:»Ja, da staunst Du, mein Junge. So, und jetzt sieh zu, daß Du wieder Luft bekommst. Ich hole uns beiden ein Stück von dem Kuchen, den ich gestern gebacken habe. Ich glaube, wir müssen mal ausführlich miteinander reden.«

• • •

Robert hielt es nicht mehr aus. Die Einsilbigkeit war vorbei, aber nun war Achim von einer gleichsam feindseligen Freundlichkeit. Alles perlte an ihm ab. Es war unerträglich. Wieder packte er ein paar Sachen in die Sporttasche und fuhr nach Berlin. Er wollte sich bei seiner Schwester ausheulen und einfach unter Menschen sein. Dieser plötzliche Entzug der Wärme und Geborgenheit war durch nichts auszugleichen, aber er hatte das Gefühl, daß er verrückt werden würde, wenn er allein im Inspektorenhaus bliebe. Und die Tage über auf Achim zu treffen war gleichermaßen unerträglich, wenn nicht noch schlimmer. Er hatte gar nicht erst um Urlaub gebeten. Sollte Achim ihn doch feuern. Es war ihm egal. Was hatte er auf Brachwitz noch verloren.

Trübsinnig saß er im Zug und beobachtete, wie draußen schemenhaft einzelne Häuser und Dörfer vorbeiglitten. Am Bahnhof winkte er müde ein Taxi heran und nannte die Adresse von Theresas Wohnung.

Als das Taxi vor dem Haus ankam, zahlte er den Fahrer und legte ein ordentliches Trinkgeld obendrauf. Im Stillen war er dem Mann dankbar, daß er nicht irgendein dusseliges Gespräch über Politik, das Wetter oder sonst irgendeinen Blödsinn angefangen hatte. Nach Smalltalk stand ihm wirklich nicht der Sinn.

An der Haustür suchte er Theresas Namensschild und klingelte. Er wartete etwa eine halbe Minute, aber es kam keine Reaktion. Er drückte noch einmal auf den Knopf, diesmal länger. Wieder keine Antwort. Merkwürdig. Gut, daß er für den Fall der Fälle den Schlüssel mitgenommen hatte. Theresa neigte zu den verrücktesten Spontantrips. Manchmal fiel es ihr ein, ein paar Tage nach Pusemukkel, irgendwo JWD zu fahren, und für die längeren Reisen hatte Robert den Schlüssel, um in ihrer Wohnung nach dem Rechten zu sehen.

Nachdem er die drei Treppen nach oben gestiegen war, klingelte er vorsichtshalber an der Wohnungstür noch einmal Sturm. Als sich immer noch nichts rührte, schloß er die Tür auf und knipste in der Diele das Licht an. Sein Blick fiel auf den Spiegel, der dort hing, und so niedergeschlagen, wie er war, mußte er dennoch lächeln. Kunstvoll war dort mit Lippenstift hingepinselt: »Hi Robbie! Dachte mir schon, daß Du kommst. Bin für ein paar Tage nach Hause. Gruß und Kuß! Tessa.« – Manchmal hatte er das unheimliche Gefühl, daß seine Schwester Gedanken lesen konnte.

Unentschlossen stand er in der Diele und seufzte. Sah ganz so aus, daß niemand da war zum Ausheulen. Was nun? Zurück nach Brachwitz wollte er nicht. Er erstickte dort. Dorthin zurück wollte er auf keinen Fall, so wie die Dinge lagen. Aber hier alleine in dieser Wohnung zu hocken, war schließlich auch nicht so toll. »Ach, was soll's«, dachte er trotzig. »Scheiß doch drauf. Dann ziehe ich eben heute abend los und saufe mir einen an.« Aber leichter ums Herz war ihm danach immer noch nicht.

• • •

Frau Blume legte Achim ein großes Stück Kuchen auf den Teller und meinte begütigend: »Iß kräftig. Ein voller Magen macht nicht glücklich, aber er beruhigt. Du bist ja völlig durch den Wind.« Achim sah sie nur dankbar an. Er wußte keine Worte, um zum Ausdruck zu bringen, wie froh und von Dank erfüllt er für ihre Zuwendung war. Für dieses Bißchen an menschlicher Wärme, das einem in dieser Welt leider nicht allzu oft begegnete. Still brach er ein Stück von dem Kuchen ab und aß es.

Anna Blume ließ ihm Zeit. Sie wollte ihn nicht drängen. Er würde ihr sein Herz schon ausschütten. Es war keine Neugierde, die sie antrieb. Sie mochte diesen Jungen einfach gerne, und es bedrückte sie, ihn so zu sehen. Vielleicht verschaffte es ihm Erleichterung, wenn er einfach einmal reden konnte. Und vielleicht fanden sie ja auch gemeinsam eine Lösung.

Nach einer Weile fing Achim stockend an zu sprechen: »So wie es aussieht, brauche ich Dir ja nicht mehr viel zu erzählen. Es... – Es sieht so aus, daß ich mich ernsthaft in Robert verliebt habe.«
Frau Blume lächelte: »Ja, ich weiß. Das war nicht zu übersehen. Ich war so froh darüber.« Leise fuhr sie fort: »Was ist denn passiert?«
Achim explodierte. »Er ist hetero, das ist passiert. Ich gottverdammter Idiot sitze hier, kann mir ein Leben ohne ihn nicht mehr vorstellen, und ihn interessiert das alles einen Scheißdreck.« Mutlos, mit leerem Blick und ohne Hoffnung sank er in sich zusammen.
Anna Blume war tief bestürzt über diese Reaktion. Daß Amors Pfeile seit einer ganzen Weile munter durch die Gegend schwirrten, konnte wirklich niemandem entgehen, der auch nur ein einigermaßen feines Gespür hatte. Aber bis zu diesem Moment hatte sie nicht gewußt, wie tief diese Liebe bei Achim ging. Die Liebe und nun der Schmerz.

Behutsam fragte sie: »Warum sollte er hetero sein? Ich kann es mir nicht vorstellen.«

Mit einer Verbitterung, die ihr kalte Schauer über den Rücken jagte, spuckte Achim jedes einzelne der folgenden Worte aus: »Wir sehen uns bald wieder. Ich liebe Dich, meine Schöne. Träum süß.« Mit grausamem Spott fuhr er nach einer Weile fort: »Man soll eben keine Telefonate belauschen. Wenn man die Realität nicht zur Kenntnis nimmt, behält man wenigstens seine hübschen kleinen, idiotischen Illusionen.«

Anna Blume verstand die Verbitterung, den Schmerz, die Enttäuschung. Aber sie begriff immer noch nicht ganz, was eigentlich passiert war. So behutsam wie möglich sagte sie: »Ich verstehe nicht ganz... Du mußt mir erklären...«

Monoton und mit leerem Blick erklärte Achim es ihr. »Als Robert aus Berlin zurückkam, hatte ich den Eindruck, daß sein Verhalten sich verändert hatte. Ich war mir vorher wirklich nicht sicher, ob er schwul ist oder nicht. Aber an diesem Tag schien plötzlich alles sonnenklar. Daß er schwul ist, stand mit einem Mal völlig außer Frage, und es war beinahe nur noch eine Randnotiz. Ich weiß nicht warum, aber an diesem Tag war ich mir so verdammt sicher, daß ich sogar auf Gegenliebe stoßen würde. Also habe ich mir am Abend eine Flasche Sekt unter den Arm gepackt und bin zum Inspektorenhaus gegangen.«

Er wurde blaß, als die Erinnerung wieder in ihm hochstieg. Er räusperte sich und fuhr heiser fort: »Ich wollte ihn überraschen, darum klopfte ich nicht. Und dann war ich derjenige, der überrascht wurde. Er beendete gerade ein Telefonat.« Achim kämpfte die Tränen nieder und sagte schließlich mit beißendem Zynismus: »Ich hoffe, daß seine Schöne in dieser Nacht angenehme Träume hatte und ihn nicht allzu sehr vermißt hat.«

Anna Blume legte die Hand auf seinen Arm: »Achim, so wahr ich hier sitze: Ich kann mir einfach nicht vorstellen, daß Du Robert Jadow gleichgültig bist. Es mag sein, daß er vorher mit Frauen zusammen war. Aber er hat Dich kennengelernt, und alles was er will, bist Du. Das alles muß ein fürchterliches Mißverständnis sein. Rede mit ihm. Leg ihm Dein Herz zu Füßen. Er wird nicht darauf herumtrampeln. Glaube mir.«

Mit tränenerfülltem Blick sah Achim sie an. Hoffnung und Verzweiflung kämpften in ihm. Seine Stimme versagte, als er hervorbrachte: »Ich würde es so gerne glauben.«

Anna Blume zog ihn heran und küßte ihn auf die Stirn. »Du kannst es glauben. Du mußt es glauben, wenn Du je in Deinem Leben noch einmal glücklich werden willst.«

Aber Achim fand das Inspektorenhaus verschlossen vor. So trostlos wie jetzt hatte es noch nie ausgesehen. Ihn überkam die Ahnung, daß Robert ihn für immer verlassen hatte. Ganz kurz flackerte noch einmal die Hoffnung in ihm auf, um dann endgültig zu verlöschen.

•••

Vor dem Abendessen hatte Robert sich noch ein wenig hingelegt. Erstaunlicherweise schlief er sogar. Die Gedanken in seinem Kopf spielten zwar vorher und nachher Ringelpiez mit Anfassen, aber die Aufregungen der letzten Tage hatten schließlich ihren Tribut gefordert, und er war in einen tiefen und traumlosen Schlaf gefallen.

Gegen sechs Uhr am Abend wachte er auf und wußte im ersten Moment nicht, wo er war. Er richtete sich auf, rieb sich verschlafen die Augen und schaute sich im Zimmer um. Richtig. Theresas Wohnung. Berlin. Und gleich wollte er losziehen, um sich die Hucke vollzusaufen.

Er stieg in seine Jeans und unterzog den Kühlschrank einer eingehenden Prüfung. Wie immer war der Kühlschrank bis obenhin voll, und wie immer war er voll mit Sachen, die sich einfach nicht miteinander kombinieren ließen. Auch darin war seine Schwester unschlagbar und reichlich unkonventionell. Jede brave Hausfrau würde die Hände über dem Kopf zusammenschlagen und sich umgehend bei Frau Antje und Frau Sommer beschweren. Ratlos stand er vor dem bunten Durcheinander und entschied sich schließlich für Rührei mit geschmorten Paprikastreifen. Auf der Anrichte stand noch eine halbe Flasche Chianti. Immer her damit. Schütt die Sorgen in ein Gläschen Wein. – Er hoffte, daß die Biester nicht schwimmen konnten.

Wie sich herausstellte, war der Chianti aus rein praktischen Erwägungen heraus unverzichtbar. Rührei mit Paprika schmeckte ausgesprochen schauderhaft. Da brauchte man wirklich was zum Nachspülen.

Nach dem Essen stieg er in seine Turnschuhe, zog ein T-Shirt und seine Lederjacke an und verließ das Haus.

Er war ziellos durch die Stadt gestreift, als er schließlich an der Kneipe vorbeikam, in der einmal eine sehr nette Drei-Wochen-Affäre begonnen hatte. Eigentlich war der Laden langweilig. An vielen Tagen traf man hier auf Rudel von Stinos, die sich von den echten tatsächlich nur dadurch unterschieden, daß ausschließlich Männerherzen höher schlugen beim Gedanken an Spitzendeckchen und Kaffeekränzchen. Mannomann. Naja, jedem Tierchen sein Pläsierchen. Hauptsache, er mußte bei dem Zirkus nicht mitmachen.

Dennoch mochte er die Kneipe. Wenn nicht gerade die Meister-Propper-Fraktion gruppendynamisch Haushaltstips austauschte, traf man hier auf sympathische und unprätentiöse schwule Männer. Genau der richtige Ort, um heute abend abzuhängen.

Robert öffnete die Tür und trat in den von Lachen und Musik erfüllten Raum. Er sah sich um und entschied, sich direkt an den Tresen zu setzen. Er rief Frank, den Barkeeper, herbei und bestellte ein Bier.

Fünf Minuten später brachte Frank ein frisch gezapftes Pils, stellte es vor Robert hin und meinte:»Hey, lange nicht gesehen. Wo hast Du gesteckt?«

Robert wischte sich den Schaum vom Mund und erklärte:»Ich habe eine Stelle als Gutsverwalter angenommen. Draußen vor der Stadt. Seitdem bin ich kaum noch in Berlin.«

Frank zog eine Augenbraue nach oben und meinte skeptisch:»Besonders gut scheint Dir das

Landleben aber nicht zu bekommen. Gerade glücklich wirkst Du nicht.«

Robert seufzte. »Komm, hör bloß auf. Wenn ich davon anfange, heule ich Dir hier den Tresen voll. Bring mir lieber noch einen doppelten Scotch.«

»Sollst Du haben, mein Schatz. Aber Alkohol ändert auch nichts. Lenk Dich ab. Geh in die Sauna, und lach Dir was Nettes an.«

»Danke, nichts für mich.« – Was sollte es schon bringen, den Frust wegzubumsen?! Sicher, der Alkohol änderte auch nichts. Aber diesen schlechten Nachgeschmack am nächsten Morgen kriegte man wenigstens mit einer ordentlichen Dosis Mundwasser wieder weg.

Alleine trank er ein zweites und ein drittes Bier. Niemand da, mit dem er sich hätte unterhalten können. Er fühlte sich schrecklich einsam.

Da klopfte ihm jemand von hinten auf die Schulter: »Na, Du Wanderer zwischen den Welten. Lange nicht gesehen. Schön, daß Du hier bist.« Er drehte sich um und erblickte die breitschultrige Gestalt von Tom. – Dr. Thomas Schöller, eine männlich-markante Erscheinung um die Vierzig. Dem Verhalten nach absolut butch und straight. Und von Beruf Gynäkologe. Wahrscheinlich hatte er schon reihenweise Frauenherzen gebrochen.

Robert lächelte ihn müde an: »Tom, grüß Dich. Tut gut, ein bekanntes Gesicht zu sehen. Setz Dich zu mir. Ich geb einen aus.« Tom hievte sich auf einen Barhocker, runzelte die Stirn und zwinkerte Robert schließlich zu. »Wenn ich nicht ganz falsch liege, wird mein Bett auf die Ehre Deines Besuches heute verzichten müssen. Heute ist eher Reden angesagt. Hast Du Sorgen? Schieß los.«

Man konnte wohl nicht jahrelang in einem solchen Beruf arbeiten, ohne eine gewisse Hellsicht hinsichtlich der Psyche anderer Menschen zu entwickeln. Oder sah man ihm seine Verzweiflung so sehr an? Er ließ den Gedanken laut werden: »Sehe ich so zum Erbarmen aus?«

»Das Leiden Christi ist ein schlechter Witz dagegen. Du siehst aus wie Margarethe Schreinemakers, kurz bevor sie losheult. Kotz Dich aus, dann wird es Dir besser gehen.«

Robert erzählte ihm alles. Vom ersten Zusammentreffen mit Achim an über die ländliche Idylle bis hin zu der Eiszeit, die seit Tagen herrschte. Er redete und redete ohne Punkt und Komma eine halbe Stunde lang. Tom hörte zu und wurde von Minute zu Minute ernster. Am Schluß umarmte er ihn kurz und meinte leise: »Mensch, Kleiner, das tut mir leid. Ich könnte Dir jetzt was vorlügen und völlig aberwitzige Theorien stricken, aber so, wie es sich anhört, war's das wirklich. Und wenn Dir tatsächlich so viel an diesem Mann liegt, kann ich Dir nur raten, Dich so schnell wie möglich nach einer anderen Stelle umzusehen. Mann, Du gehst mir ja sonst vor die Hunde.« Mit einem entschuldigenden Lächeln fügte er noch hinzu: »Ich kann Dir leider nichts anderes sagen. So gerne ich es auch tun würde.«

Robert atmete langsam ein und wieder aus. Er nickte resigniert: »Ich fürchte auch, daß es darauf hinausläuft. Jedenfalls sehe ich keine andere Möglichkeit mehr.« Er stand auf und gab Tom zum Abschied einen Kuß: »Danke, daß Du mir zugehört hast. Ich haue jetzt ab nach Hause. Nicht böse sein.«

»Ist schon okay, Kleiner. Laß Dich nicht unterkriegen.« Voller Anteilnahme und Sympathie schaute Tom Robert nach, der hinter der Eingangstür auf der Straße verschwand.

• • •

Die nächsten zwei Tage verbrachte Robert alleine in Theresas Wohnung. Er duschte nicht, rasierte sich nicht, lief ziellos in der leeren Wohnung herum oder hockte stumpfsinnig vor dem Fernseher, um durch irgendwelche Daily Talks zu erfahren, daß die deutschen Sozialhilfe-Empfänger das schwere Los hatten, bei Aldi einkaufen zu müssen, weil es für die Feinkostabteilung vom KaDeWe leider nicht reichte. Die Alternativen aus der Abteilung »Dinge, die die Welt bewegen« waren: »Hilfe, ich bringe mich um! – Mein Anti-Pikkel-Mittel hat versagt.« oder »Intimpiercing bei Rentnern: Übernimmt die AOK die Kosten, und was sagt der Vatikan dazu?«

Am Abend des zweiten Tages hatte er die Schnauze gestrichen voll. Er duschte und rasierte sich, badete in Drakkar Noir, entschied sich für eine schwarze Jeans, Doc Marten's und ein schwarzes T-Shirt. Auf in die Disco. Er wollte tanzen und vergessen.

Das Taxi setzte ihn vor dem Club ab, der vor zwei Jahren eröffnet hatte und den Namen »Sweat-Boxx« trug. Es war der angesagteste schwule Laden in ganz Berlin. Der reinste Jahrmarkt der

Eitelkeiten. Nicht unbedingt der Ort, um den Mann fürs Leben zu finden, aber zum Gucken und um Spaß zu haben ideal. Und die neueste Musik gab es gratis dazu. Als er nach Berlin gekommen war, lief in allen Läden noch das, was er zu Hause auf BFBS gehört hatte. Hier liefen schon wieder andere Sachen. Berlin war mit dem RIAS und der alten Tante SFB geschlagen. Ansonsten hip, hinkte es der musikalischen Entwicklung immer etwas hinterher. Letztes Jahr war Techno in einer riesigen Welle übers ganze Land geschwappt und vermischte sich dieses Jahr mit tanzbarem House und einem eigenartigen Disco-Revival. In der richtigen Mischung wirkte diese Musik wie mit purem Adrenalin versetzter Schampus.

Also auf ins Gewühl der ganzen Kiddies und der wenigen älteren Herren, die allesamt etwa in seinem Alter waren.

Er öffnete die schwere Eisentür, schob den Samtvorhang auf Seite und stolperte fast über den Türsteher. Einsneunzig groß. Radlerhosen, Rippenshirt und Springerstiefel. Dreimal die Woche Bodybuilding inklusive nicht ganz legaler Steroide. Einhundert Prozent Coolness. – Sprang wahrscheinlich kreischend auf den nächsten Stuhl, sobald eine Maus im Zimmer war.

Drinnen lief gerade mit ohrenbetäubender Lautstärke »Crucified«. Army of Lovers. Eine schöne Illusion. Robert verzog die Mundwinkel. Zarah Leander würde wahrscheinlich singen: »Die Wirklichkeit sieht leider anders aus.« Er bahnte sich den Weg durch das Stroboskop-Gewitter zur Theke und orderte einen Scotch und einen doppelten Espresso. Erstmal wieder warm werden mit dem Laden. Es schien eine Ewigkeit her zu sein, daß er das letzte Mal hier war.

Der Barkeeper trug dieselbe Uniform wie der Türsteher. In den wenigen Wochen auf Brachwitz schien er einiges verpaßt zu haben. Außerdem herrschte jetzt offenbar eine allgemeine Koteletten-Pflicht. Schon merkwürdig, in welchen Zyklen und in welchen Ausprägungen die schwule Szene lebte. Er fühlte sich immer noch als teilnehmender Beobachter. Dennoch kamen beinahe heimatliche Gefühle auf. So oberflächlich und abgefuckt wie alles hier war, verscheuchte es doch die Einsamkeit und vermittelte wenigstens die Illusion, irgendwo dazu zu gehören.
Doch bevor er völlig in Melancholie versank, unterzog Dr. Alban die Baßboxen einer Belastungsprobe. Robert steuerte die Tanzfläche an und stürzte sich ins Getümmel.

Der DJ war wirklich gut. Robert hätte nicht sagen können, wie lange er getanzt hatte. Er verlor jedes Gefühl für Raum und Zeit. Zum ersten Mal seit Wochen war sein Kopf völlig leer. Irgendwann bekam er fürchterlichen Durst und ging wieder an die Theke. Nach zwei Weißen mit Schuß, die er beinahe in einem Zug getrunken hatte, fühlte sich sein Magen an wie ein Kindergeburtstag. Erschöpft lehnte er am Tresen und beobachtete die Männer auf der Tanzfläche.

Nach einer Weile drehte er sich um, weil er noch etwas bestellen wollte. Dabei fiel sein Blick auf einen Mann, der neben ihm am Tresen lehnte und ihn geradewegs ansah. Die unverhohlene Intensität und Selbstsicherheit, die in diesem Blick lag, verärgerte Robert zunächst. Doch dann mußte er lachen. Hier hatte es jemand augenscheinlich nicht nötig, mit taxierenden Blicken von ein paar Zehntelsekunden den Uninteressierten zu spielen.

Der Mann war vielleicht zwei oder drei Jahre jünger als er. Groß und blond. Ein freches Grinsen. Schlichtes Outfit. Er zwinkerte und sagte in einem Tonfall, der den Spruch augenblicklich karikierte: »Hast Du mal Feuer?« Robert konnte nicht anders und brach in schallendes Gelächter aus.

Wie aus der Pistole geschossen antwortete er: »Nein. Aber Du hast bestimmt eine Briefmarkensammlung, die Du mir gerne zeigen würdest.« Wieder dieses freche Grinsen und ein einziges Wort: »Stimmt.« Robert kapitulierte. Dem draufgängerischen Charme dieses Mannes konnte er sich nicht entziehen. Wenig später verließen sie gemeinsam die Disco.

Arm in Arm gingen sie die wenigen Blocks zur Wohnung des Mannes, der sich mit »Dennis« vorgestellt hatte. Nach zehn Minuten standen sie vor einem noblen Apartment-Haus. Dennis öffnete die Tür und ging zielsicher zum Aufzug. Er drückte den Knopf und klackerte seinen Schlüsselbund durch. Dann steckte er den Schlüssel in das Schloß unterhalb der Knöpfe für die einzelnen Etagen und drückte den Knopf für das Penthouse.

Robert versuchte, sich seine Überraschung nicht anmerken zu lassen. Schon schön, wie manche Leute wohnten. Wie alles in der Welt eine Frage des nötigen Kleingeldes.

Sie kamen oben an, und die Tür des Aufzugs schwang zurück. Die Einrichtung war erlesen und vor allem teuer. Die Wohnung wirkte wie aus einem Prospekt und war klinisch sauber, klinisch tot. Robert schauderte. Ohne ein Wort drehte er sich herum, ging zurück in den Lift und drückte den Knopf fürs Erdgeschoß.

»Ja vielen Dank auch. Die Mühe hätte ich mir wohl sparen können. – Verpiß Dich.«, zischte ihm Dennis hinterher.

● ● ●

Achim von Buck lief ruhelos durch sein Arbeitszimmer. Seit drei Tagen war Robert weg. Er war einfach verschwunden. Achim wußte nicht, wo er suchen sollte. Die Wohnung, die Robert in Berlin hatte, war längst wieder vermietet, und die Telefonnummer war natürlich gesperrt, bis sie an jemand anderen vergeben wurde. Auf dem Handy konnte er ihn auch nicht erreichen. Ausgeschaltet. Nur die Mailbox. Er hatte schon fünf Nachrichten dort hinterlassen und keine Antwort bekommen.

Die Panik stieg in ihm hoch. Er machte sich Sorgen. Er wurde fast verrückt vor Sorge. Bilder schossen durch seinen Kopf: Womöglich hatte Robert einen Unfall gehabt und lag jetzt mit zertrümmerten Knochen in einem Leichenschauhaus. Bei dieser Vorstellung wurde er blaß. Hetero oder nicht: Er liebte diesen Mann, verdammtnochmal! Es war ihm keineswegs egal, ob es ihm gutging oder nicht.

Er riß die Tür auf und stürmte ins Wohnzimmer. Dort goß er ein Whiskyglas halb voll und kippte den Bourbon in einem Zug hinunter. Jajaja, verdammt. Die Sauferei ist keine Lösung. Immer schön kühlen Kopf behalten. Sagt sich so leicht. – Wie sollte er ruhig bleiben, krank vor Sorge, seit drei Tagen ohne Nachricht?! Wenn er wenigstens etwas tun könnte. Herrgottnochmal!

Ein wenig ruhiger durch den Whisky durchmaß er den großen Raum mit langen Schritten. Er brachte es einfach nicht fertig still, zu sitzen. Sieben Schritte hin, sieben Schritte um, sieben Schritte hin...

Die Polizei hatte er in seiner Verzweiflung vor einer Stunde schon angerufen. Zwar bestand die Möglichkeit, nach 24 Stunden eine Vermißtenanzeige aufzugeben, aber was sollte das bringen? Die Anzeige wurde aufgenommen, und dann geschah erst einmal nicht viel. Bis sich da etwas rührte, konnte es leicht zu spät sein.

Die letzte Möglichkeit waren die Krankenhäuser in Berlin und im Umland. Achim blieb stehen, wog diesen Gedanken einen Moment lang ab und verwarf ihn sofort wieder: Wer sagte, daß Robert überhaupt noch in Berlin war? Wenn etwas passiert war, dann konnte er sonstwo sein. Wer weiß, vielleicht war er zu seiner Mutter gefahren. Sollte er alle Krankenhäuser zwischen Berlin und Hamburg abtelefonieren?

Ohne Hoffnung und mit Tränen in den Augen stand Achim von Buck in dem großen, leeren Wohnzimmer. Wie sollte es nun weitergehen? Es schien alles aus zu sein.

• • •

Robert quälte sich am nächsten Morgen mit schmerzenden Gliedern aus dem Bett. Er hatte ein dumpfes Gefühl im Kopf und einen verdammt schalen Nachgeschmack. Wirklich eine tolle Leistung, diesem abgebrühten Etwas von Mann nachzulaufen. Ein paar dumme Sprüche, ein Grinsen, das man anknipsen und ausknipsen konnte und dann die Eiseskälte, wenn aus der Ex-und-Hopp-Nummer nichts wurde. Er schüttelte sich. Ihm wurde körperlich übel bei dem Gedanken an den gestrigen Abend. Müde und mit einem Gefühl qualvoller Leere schlurfte er in die Küche.

Er setzte Kaffee auf, zog seine Jeans an und griff den Schlüssel, der neben der Wohnungstür hing. Langsam stieg er die Treppen herunter. Als er die Haustüre öffnete, schien ihm die Morgensonne voll ins Gesicht. Toll. Was für ein schöner, sonniger und heiterer Morgen. – Verdammt, konnte es nicht einfach junge Hunde regnen?!

In dem Kiosk um die Ecke verlangte er Rundstücke und Zigaretten. Die Besitzerin schaute ihn verständnislos an und schnodderte zurück: »Soll'n dette sein? Ham wa nich.«

Robert begriff und lächelte sie müde an: »Entschuldigung. Der Norddeutsche geht mal wieder mit mir durch. Ich hätte gerne drei Schrippen.«

»Na, junger Mann, das klingt schon besser. Soll'n Sie haben. Zigaretten und drei Schrippen macht Fünffuffzich.« Robert zahlte, nickte kurz zum Abschied und ging zurück zu Theresas Wohnung.

Wieder zu Hause, machte er Frühstück, rührte aber nichts an. Stattdessen saß er vor der dritten Tasse Kaffee und rauchte pausenlos. Das Rauchen hatte er eigentlich vor Jahren schon aufgegeben, aber sollte er sich darüber jetzt Gedanken machen? Wen kümmerte es schon, ob irgendwas »seine Gesundheit gefährdete«, wie es auf der Schachtel stand. Wen hatte er denn? Theresa hatte er. Sein Vater war tot, und seine Mutter wohnte Hunderte von Kilometern weit weg. Aber immerhin war hier Theresa. Er wußte nicht, was er ohne sie hätte machen sollen.

Ach ja. Natürlich. Da war ja noch wer. Ein Mann, für den er arbeitete, und der tapfer seine Unschuld verteidigte. Der jede noch so kleine Berührung fürchtete. Der sich wahrscheinlich beschmutzt fühlen würde, wenn er noch einmal in die Verlegenheit kam, Robert die Hand geben zu müssen.

Scheiße. Warum war das alles so gelaufen. Wie sollte es nun weitergehen. – Beim Futtergroßhandel wieder angekrochen kommen? Diese Blöße wollte Robert sich nicht geben. Außerdem war der Job ja auch nur eine Notlösung gewesen. Die einzige Möglichkeit war, noch einmal nach Brachwitz zu fahren, um zu kündigen und sofort die nötigsten Sachen zu holen. Vielleicht konnte er hier bei seiner Schwester wohnen, bis er eine neue Stelle gefunden hatte. Die wenigen Ersparnisse würden dabei draufgehen. Arbeitslosengeld gab es erst nach einer gewissen Zeit in einem festen Angestelltenverhältnis, und Sozialhilfe mochte er einfach nicht beantragen.

Vor ein paar Tagen noch hatte er sich eine Zukunft zusammen mit Achim ausgemalt, wie er nie zuvor gewagt hatte, sie sich vorzustellen. Und nun drehte sich sein Leben um Kündigung, Sozialhilfe, Umzug. Mit einem traurigen und hoffnungslosen Lächeln saß er lange Zeit da.

● ● ●

»Achim?« Frau Blume kam atemlos ins Wohnzimmer. »Hier ist ein Brief für Robert angekommen. Als Absender steht da eine Theresa Jadow. Eine Adresse in Berlin mit einem handschriftlichen Zusatz, daß sie zur Zeit irgendwo in Norddeutschland ist.« Sie lachte ihn an. »Mensch, Achim, das ist es. Er kann nur dort sein.«

Ohne recht zu begreifen, was sie gesagt hatte, schaute Achim sie an. Er schüttelte leicht den Kopf und meinte: »Du denkst tatsächlich, daß ich ihn da finde?« Er hielt einen Moment inne, nickte und sagte leise: »Natürlich. Das ist es. Das muß die Schwester sein, von der er erzählt hat. – Klar ist er da. Wo sollte er sonst sein.« Er fühlte, wie Hoffnung und Erleichterung sich wie eine riesige Woge in ihm ausbreiteten. Ein strahlendes Lächeln ließ sein Gesicht leuchten. Schließlich lachte er laut drauflos:

»Buck, Du bist ein Hornochse. Er ist bei seiner Schwester. Wo sollte er sonst sein? Auf den Gedanken, die Jadows im Berliner Telefonbuch durchzuklappern, bin ich natürlich nicht gekommen. Wäre ja auch zu einfach gewesen. – Mensch, Blümchen, Du bist ein Schatz.«

Er nahm sie in den Arm, wirbelte sie in einem improvisierten Walzer durch den großen Raum und rief: »Wo sind die Autoschlüssel? Ich fahre nach Berlin.«

»Achim, ich denke, das ist keine gute Idee.« Frau Blume blieb stehen und sah ihn zweifelnd und besorgt an. »Willst Du nicht lieber anrufen. In Deinem Zustand solltest Du nicht Auto fahren.«

Achim strahlte sie an: »Ach was. Natürlich fahre ich hin. Außerdem: fernmündliche Liebeserklärungen, ts, ts, ts. Wie stillos.« Frau Blume wirkte immer noch nicht überzeugt. Aber wie sollte man einen durchgehenden Gaul aufhalten? Sie runzelte die Stirn und gab schließlich nach: »Gut, aber fahr vorsichtig. Und Du kommst mir hier nicht eher weg, bevor Du etwas gegessen und eine Tasse Kaffee getrunken hast.«

Übermütig antwortete Achim: »Blümchen, alles was Du willst. Unter der einen Voraussetzung, daß es nicht länger als zehn Minuten dauert. Verdammt Juchhee, ich will nach Berlin. Ich will Robert um den Hals fallen, ihm ein kitschiges Liebesgeständnis machen und ihn auf der Stelle heiraten. Du hast wahrscheinlich recht: Das alles war nur ein furchtbares Mißverständnis. – Ach was, Du hast recht.«

Zehn Minuten später setzte sich Achim ans Steuer des Pickup und machte sich auf in Richtung Berlin. Die Landschaft war wunderschön. Die Sonne schien, und alles war von Rauhreif überzogen. Die Bäume standen am Straßenrand Spalier und glitzerten in der Sonne. Was für ein herrlicher Tag. Gleich würde er bei Robert sein.

Er summte und pfiff jede Melodie, die ihm in den Sinn kam. Schließlich sang er lauthals und erhöhte das Tempo. Sollte er einen Strafzettel bekommen, dann würde er ihn einrahmen und im Wohnzimmer aufhängen als Beweis, daß er an diesem Tag so schnell wie möglich zu Robert wollte. Robert, Robert, Robbie in Berlin: ich komme. Gleich bin ich da. Nur noch ein paar Minuten.

Hoppla, ein kleiner Schlenker. War wohl doch noch glatt an einigen Stellen. Er kniff die Augen zusammen und schaute angestrengt auf die Straße vor ihm. Na, war wohl doch nichts. Sah alles normal aus. Lachend und singend fuhr er weiter nach Berlin.

In einer Kurve geriet der Wagen dann ins Schleudern, brach aus und überschlug sich immer und

immer wieder. Mitten auf einem Feld im Brandenburgischen, kurz vor Berlin, kam er schließlich zur
Ruhe und blieb liegen. Erschreckt flogen die Vögel
auf, der letzte Laut vor dem unheimlichen Nach-
klang der absoluten Stille.

•••

Robert schlug mit der flachen Hand auf den Tisch
vor ihm. Aus und vorbei. Die Sache war durchge-
standen. Was sollte er da noch tun. – Was konnte
er da noch tun? Das einzige, was blieb, war, nach
Brachwitz zu fahren, um zu kündigen und seine
Sachen zu holen.

Er packte rasch zusammen und klebte einen Zet-
tel auf den Spiegel in der Diele: »Aus der Traum.
Habe gekündigt. Ziehe für ein paar Wochen bei
Dir ein. Mach Dir keine Sorgen. Robbie.« Nur für
den Fall, daß Theresa vor ihm wieder zurück sein
würde. Sorgfältig verschloß er die Wohnungstür
und verließ das Haus.

Als der Zug in Brachwitz einfuhr, ging er mit
schnellen und entschlossenen Schritten zum Gut.
Er wollte die Sache so schnell und so sauber wie
möglich hinter sich bringen. Nur keine Sentimen-
talitäten. Er würde Achim keinesfalls auch nur eine
Minute länger als nötig mit seiner unerwünschten
Anwesenheit belästigen.
Robert steuerte zielstrebig auf die Tür des Guts-
hauses zu. Er wollte sofort reinen Tisch machen
und sich gar nicht erst lange damit aufhalten,
seine Tasche noch ins Inspektorenhaus zu brin-

gen. Er betrat das Haus und klopfte dreimal kurz und hart an die Tür von Achims Büro.

Als sich auf sein Klopfen hin nichts rührte, öffnete er die Tür und fand das Zimmer leer vor. Er wollte gerade in die Küche gehen, um Frau Blume zu fragen, wo Achim steckte, als diese ihm schon entgegenkam:

»Herr Jadow! Ich bin so froh, daß Sie hier sind.« Mehr brachte sie nicht heraus und fing hemmungslos an zu schluchzen.

Überrascht und voller Schreck stand Robert ihr gegenüber. In einer solchen Verfassung hatte er sie noch nie gesehen. Frau Blume, der gute Geist des Hauses, die resolute und stets fröhliche Haushälterin, stand vor ihm und weinte wie ein kleines Kind.

Es gab Robert einen Stich ins Herz, sie so zu sehen, und einem plötzlichen Impuls folgend nahm er sie in den Arm. Tröstend sprach er auf sie ein:

»Nun beruhigen Sie sich erst einmal. Ich bin ja hier. – Scht... Nicht weinen...« Ihr Schluchzen ließ ein wenig nach, und Sie schien sich tatsächlich ein wenig zu beruhigen. Um sie nicht wieder aufzuregen, fragte Achim so vorsichtig wie möglich: »Was ist denn passiert? Warum weinen Sie so?«

»Achim hatte einen Autounfall. Eben hat das Krankenhaus angerufen.«

Robert spürte, wie ihm alles Blut aus dem Gesicht wich. Urplötzlich war sein Mund staubtrocken, und er hatte das Gefühl, daß der Boden unter ihm schwankte. Unfähig, ein Wort zu sagen, setzte er sich auf einen Stuhl. Nach einer Weile begann er mit rauher und tonloser Stimme zu sprechen. Er hatte Angst vor der Frage. »Lebt er?« brachte er schließlich heraus.

»Ja, er lebt. Aber im Krankenhaus haben sie gesagt, daß sie noch nicht wissen, wie schwer er verletzt ist.«

»Wie ist es passiert?«

»Es muß wohl Eis auf der Straße gewesen sein. Das Auto ist von der Straße abgekommen und hat sich überschlagen. So hat man ihn gefunden.« Frau Blume schneuzte in ihr Taschentuch und setzte noch hinzu: »Er war auf dem Weg zu Ihnen.«

Robert hob den Kopf und sah Frau Blume voller Erstaunen an: »Auf dem Weg zu mir? Warum denn? Woher wußte er, wo ich war?«

»Es ist ein Brief von Ihrer Schwester gekommen. Hinten auf dem Kuvert stand eine Berliner Adresse. Er hat vermutet, daß Sie dort sind«, antwortete Frau Blume. Verzweifelt fuhr sie fort: »Er wollte Sie bitten zurückzukommen, und er wollte Ihnen sagen...« Sie stockte und sprach nicht weiter.

Robert verstand überhaupt nichts mehr. Er versuchte, seine Gedanken zu ordnen. Er konnte es kaum glauben, daß Achim ihn hatte bitten wollen, zurück nach Brachwitz zu kommen.

Irritiert fragte er: »Was wollte er mir sagen?« Leise antwortete Frau Blume: »Daß er Sie liebt.«

Nach einer langen Weile sagte er: »Er liebt mich.« Es klang eher wie eine Frage, nicht wie eine Feststellung. »Und ich habe gedacht, er wollte mit mir nichts mehr zu tun haben. Ich bin gekommen, um zu kündigen und meine Sachen zu holen.«

Frau Blume sah ihn traurig an. In ihrem Blick lag eine einzige große Bitte, als sie sagte: »Nein, Herr Jadow, tun Sie das nicht. Achim liebt Sie über alles. Wenn er diesen Tag überlebt, wird er Sie brauchen, um wieder gesund zu werden. Auch wenn Sie vielleicht nichts für ihn empfinden, bitte ich Sie, hierzubleiben. Bleiben Sie, solange er Sie braucht. Bleiben Sie im Namen der Barmherzigkeit.«

Robert schossen die Tränen in die Augen. Er schluchzte, begann am ganzen Körper zu zittern und stammelte schließlich: »Barmherzigkeit? Mensch, ich liebe diesen Mann, seit ich ihn zum ersten Mal gesehen habe. Und jetzt weiß ich nicht einmal, ob er lebt, oder ob er tot ist.« Ihn überlief ein eiskalter Schauer. Die Erkenntnis kam langsam und mit brutaler Gewalt. Seine Stimme brach, als er schließlich sagte: »Er war auf dem Weg zu mir. Das alles wäre nicht passiert, wenn ich mit ihm geredet hätte.« Er schluchzte laut auf. »Das werde ich mir nie verzeihen.«

Das Telefon im Büro läutete. Durchdringend und unpersönlich zerschnitt das Klingeln die Stille im Raum. Robert erwachte aus seiner Starre und wollte aufstehen, doch Frau Blume hatte bereits den Hörer abgenommen.
Sie meldete sich und sagte dann nichts mehr. Offenbar wurde am anderen Ende gesprochen. Nach einer Weile entspannten sich ihre Gesichts-

züge. Mit einem Ausdruck großer Erleichterung rief sie in den Hörer: »Gottseidank! Ich bin so froh! Grüßen sie ihn, und sagen Sie ihm, daß ich auf dem Weg bin. Und richten Sie ihm aus, daß ich Robert mitbringe. Wir kommen sofort. Bis gleich.« Mit Tränen in den Augen sah sie Robert an: »Diesmal heule ich vor Glück. Es geht ihm gut. Er wird wieder völlig gesund.«

• • •

Sie packten die nötigsten Sachen zusammen, riefen ein Taxi und fuhren ins Krankenhaus. Als sie den Stationsflur betraten und sich gerade nach dem Schwesternzimmer umsehen wollten, kam ihnen ein grauhaariger, hagerer Mann im weißen Kittel entgegen. Aufgeregt sprach Frau Blume ihn an: »Sind Sie der Stationsarzt?«

Der Mann blieb stehen und sagte: »Ja, ich bin Doktor Schubert, der Stationsarzt. Was kann ich für Sie tun?« Bevor Frau Blume antworten konnte, sprudelte es aus Robert heraus: »Wir wollen zu Achim von Buck. Wo ist er? Wie geht es ihm? Ist er schwer verletzt? Wird er wieder ganz gesund?« Der Arzt lächelte: »Langsam, langsam, junger Mann. Mit wem habe ich überhaupt das Vergnügen?«
Robert stutzte und sagte dann entschuldigend: »Anna Blume und Robert Jadow. Die Haushälterin und der Verwalter von Herrn Buck.« Mit einem schiefen Grinsen fügte er noch hinzu: »Wir sind diejenigen, die eigentlich auf ihn aufpassen und verhindern sollten, daß so etwas passiert.«

Amüsiert und begütigend meinte der Arzt:»Naja, es ist ja noch einmal glimpflich ausgegangen. Er hat großes Glück gehabt. Ein glatter Unterschenkelbruch, eine mittelprächtige Gehirnerschütterung und jede Menge blaue Flecke. Die werden allerdings in den nächsten Wochen alle möglichen Farben annehmen. – Zimmer 348. Und bleiben sie nicht zu lange. Er braucht noch Ruhe.«

Mit einem Lächeln und einem kurzen Kopfnicken verabschiedete sich Doktor Schubert von ihnen und verschwand um die Ecke.

Vorsichtig klopfte Robert an die Tür mit der Nummer 348. Nach einigen Sekunden erklang von drinnen ein dumpfes »Herein«. Unsicher und zögernd griff Robert nach der Klinke. Eigentlich wollte er Achim einfach nur jubelnd um den Hals fallen und – nun, ja... – auch noch einiges mehr. Aber es war so viel passiert, und er konnte es immer noch nicht glauben, daß Achim ihn liebte. Bei dem Gedanken daran, daß »Mehr« wohl noch einige Zeit aufgeschoben war, weil er wohl kaum hier in diesem Krankenhaus über Achim herfallen konnte, mußte er dann aber doch grinsen. Sein Mut kehrte zurück, und er öffnete die Tür.

Achim lag alleine im Zimmer. Um seinen Kopf war ein Verband gewickelt, und sein linkes Bein steckte bis über das Knie in einem Gipsverband. Aber er lächelte schon wieder. Als die beiden zur Tür hereinkamen, griente er:»Treten Sie nur ein, meine Damen und Herren. Vor sich sehen Sie das dreihundertsiebenundachtzigste brandenburgische Unfallopfer des Jahres.«

Mit feuchten Augen antwortete Frau Blume: »Mach keine Witze. Wir haben Todesängste ausgestanden. Wir wußten ja nicht einmal, ob Du noch lebst oder nicht.«

Achim wurde ernst. Sein Blick verlor sich in der Ferne. »Ja. Ich glaube, ich habe verdammtes Glück gehabt«, sagte er leise. »Das hätte ziemlich übel ausgehen können. Ich habe selber nichts mehr mitgekriegt, aber der Notarzt hat ausgiebig mit dem Kopf geschüttelt. Er konnte es nicht fassen, daß ich da lebend herausgekommen bin. Das Auto muß furchtbar ausgesehen haben.«
Er schluckte hart. Nach einer Weile sagte er versonnen: »Es ist schön, daß Ihr beide hier seid. Vielleicht ist es doch einigen Menschen nicht ganz egal, was mit mir passiert.« Bei diesen Worten lächelte er Robert warmherzig an.
Frau Blume murmelte: »Ich schaue mal nach einer Vase für die Blumen. Wenn Ihr mich braucht, ich bin draußen auf dem Gang.« Eilig verließ sie das Zimmer.

Robert nahm sich einen Stuhl und setzte sich an Achims Bett. Verlegen schaute er auf den Boden. Nach einer Weile sah er zu Achim auf. Er nahm seine Hand, hielt sie fest und heulte los. Er konnte einfach nicht an sich halten. Die Spannung der ganzen vergangenen Wochen entlud sich, und es wurde ihm bewußt, wie leicht Achim hätte tot sein können. Wie leicht er ihn hätte verlieren können.

»Wie kann ich das je wieder gutmachen. Ich hätte viel früher mit Dir reden müssen. Dann wäre das alles nicht passiert.«

Achim lächelte ihn an: »Scht... Nicht weinen, Robbie. Vielleicht konnte es nicht anders laufen. Vielleicht war es Schicksal, wer weiß?«

»Mensch, ich liebe Dich«, schluchzte Robert untröstlich. »Wenn ich Rindvieh früher mit Dir geredet hätte, würdest Du jetzt nicht hier liegen.«

»Gut, daß Du mich daran erinnerst«, grinste Achim. »Der Viehhändler hat immer noch keine Lieferbestätigung geschickt.«

Robert sah verwirrt auf und wollte etwas sagen. Aber er kam nicht mehr dazu. Denn Achim zog ihn zu sich heran und küßte ihn mit Leidenschaft und Hingabe.

Nach einer langen Zeit flüsterte er ihm ganz leise ins Ohr:

»Ich mag französische Betten. Untersteh Dich, zwei einzelne zu kaufen.«

Hallo meine Lieben,

ich hoffe, es hat Euch Spaß gemacht, und Ihr hattet ein paar schöne Stunden. Also: Verliert den Glauben an die Menschheit nicht.

Wenn es jemanden in Eurem Leben gibt, dann haltet ihn fest und knuddelt ihn. Wenn nicht, dann geht hinaus, und fürchtet Euch nicht. Die wenigsten Männer beißen, und wir alle sehnen uns nach Liebe.

Geht mit offenen Augen durchs Leben und versucht, Gutes zu tun. Irgendwann kommt es zu Euch zurück. Ich wünsche Euch das Allerbeste.

Euer

Jürgen Fuchs